딸에게 포스트잇

딸에게 포스트잇

글 정지은, 그림 민아원

슬로래빗

서 문

내가 결혼하는 날, 엄마는 말씀하셨다.

"참고만 살지 마라."

첫 번째 부부싸움에 끅끅대며 울고 있는 내 등짝을 향해, 엄마는 일갈하셨다.

"행여 못살고 돌아오면, 너만 돌아오고 네 새끼들은 놓고 와라."

엄마는 그런 분이셨다.

내 글들이 책이 된다고 결정되었을 때, 이 책의 저작권은 엄마에게 있을지도 모른다는 생각이 들었다. 대부분은 내가 자라 오면서 엄마에게서 수시로 들은 얘기들이기 때문이다. 당신이 남자 형제들에 치여 많이 교육받지 못한 설움, 딸만 셋 낳아서 받았던 모진 시집살이에 얽힌 에피소드들과 함께 말이다.

내 엄마에게 딸 셋의 대학 졸업장은 평생에 완수해야 할 임무였다. 결혼해서 남편 눈치 안 보려면 여자도 돈을 벌어야 한다는 말은, 애 엄마가 된 지금까지도 듣고 있는 말이다. 어릴 적, 집안일을 돕겠다고 나서기라도 하면, "나중에 지겹게 하는 것이 집안일이다! 놓고 들어가 공부를 하거나 책을 봐라!"라는 소리나 듣기 일쑤였다.

그렇게 집안일보다는 공부하고 책 보는 일을 더 중요시하며 살아온 내게, 결혼 후 맞닥뜨린 일들은 다른 나라로 이민 가서 느낀 것에 버금가는 문화적 충격일 수밖에 없었다. 시댁에 가니 회사에만 있는 줄 알았던 (남편은 올라갈 수 있지만 아내는 올라가지 못하는) 유리 천장이 있었다. 애를 낳으니 '자식'이라는 살아 있는 족쇄(?)와 함께 '집' 감옥에 갇히게 되었다.

공주 개미는 단 한 번의 황홀한 혼인비행을 마치면, 자신의 날개를 떼어 낸 후 땅속으로 들어가 종족 번식의 의무를 다하지만, '여자 사람'인 나는 미처 날개를 떼어 내지 못한 채 굴속으로 들어간 것 같았다. 자유로웠던 미혼의 추억은 여전히 그리웠고, 화려한 날개는 가정생활을 하는 데 걸리적거리고 눈치 보일 뿐이었다.

문화적 충격과 신체적 변화에 정신을 못 차리고 있을 때쯤, 마음의 병이 생겼다. 공식적 병명은 요즘 흔하게 언급되는 '공황장애'였다. 내가 가장 견딜 수 없던 것은, 결혼 생활 속에서 느낀 남녀 간 역할 차이나 생소한 고부 갈등, 출산, 육아 같은 변화된 상황들이 아닌 그냥 '나 자신'이었다.

왜 난 이 세상 모든 여자들이 담담히 겪어 내는 일이 너무나도 힘든 것일까. 이후부터 나는 내가 어떤 사람인지, 특히 힘들어 하는 것은 무엇인지 그리고 '단지 행복하게 살아간다는 것'에 대해서 참 여러 방면으로 생각했다.

대다수의 내 또래 여성들도 나의 경우와 별반 차이가 없지 않은가. 그녀들 또한 자식을 위해 기꺼이 고생한 부모 밑에서, 부모보다 더 낫게 살아야 한다는 기대를 받으며 공부를 하고, 사회가 인간에게 주는 즐거움을 누릴 대로 누리다가 적당한 때가 되어 마지못해(?) 결혼을 한다. 그리고 나서 그녀들은 '결혼하여 행복하게 살았습니다.' 너머의 현실적인 삶을 마주하게 된다.

세상이 규정해 놓은 평범한 삶을 선택한 이상, 어쩔 수 없이 모종의 암흑기를 겪는 것이다. 그것은 사랑하는 사람과 함께 인생을 나누고, '안 낳았으면 어쨌을까.' 싶은 금쪽같은 자식들이 주는 행복감으로는 상쇄가 안 되는 문제이다. 그리고 이것은 곧, 내 딸들의 이야기가 될 수도 있다.

이 책에 실은 내용들은 대부분이 실제 경험을 통해 우러나온 것들이다. 그래서 한 편, 한 편이 나의 실수담을 얘기하는 것 같아 부끄럽기도 하다. 내 딸들이 성인군자가 되길 바라거나, 엄마로부터 얼마나 큰 사랑을 받고 있는지 혹은 엄마가 어떤 사람이었는지 알아주기를 바라며 쓴 것은 아니다. 그저 내 딸들이 나보다는 더 나은 삶을 살기를, 나와 같은 힘겨움을 겪지 말기를 바라는 마음에서 쓴 글들이 더 많다.

그리고 이 세상 모든 딸들 역시 그러했으면 좋겠다. 그녀들이 여자이기에 결혼을 커트라인처럼 생각하지 않기를 바라고, 아내가 되어서는 밥물을 제대로 맞추지 못한다고 죄책감을 느끼지 않기를 희망한다. 엄마가 되어서는, '육아는 학교에서 배운 적이 없다. 그러니 당연히 시행착오의 연속일 수밖에 없다.'라고 인정하는 여유를 가졌으면 한다. 여자, 아내, 엄마가 될 때마다 겪게 되는 인생의 태클에 허둥대지 않고, 예상하지 못한 암흑기를 맞이해도 당황하지 않기를 바란다.

좋은 사람을 만나 함께하는 삶 속에서, 엄마 되기를 선택해서 사는 삶 속에서, 여자와 남자를 떠나 인간으로서 사는 삶 속에서 나보다 좀 덜 힘들어하기를, 그리고 나보다 더 행복하기를 열렬히 희망하고 있다.

2015년 정지은

차 례

세 치 혀 밑에 도끼가
숨어 있단다.

말의 힘을 믿고,
두려워하며 살아라.

좋은 신발이
너를 좋은 곳으로 데려가 줄 거야.

딸에게 포스트잇

딸아,
아빠 옆에
앉아라

사람들은 아들보다 딸이 애교가 많아
아빠와의 관계가 더 돈독하다고 생각한다.
아빠와 결혼할 거라며 잘 따르는 시절이
계속될 것이라 생각하지.

하지만 가까이 있는 것이 너무나 당연하던 너와 아빠는
어느 순간부터 서로 다가가려고 노력하지 않게 된단다.
툭탁거리다가도 금세 아무 일 없었다는 듯 풀리는 엄마와 다르게
아빠에게 마음이 상하면
그것을 풀 기회조차 만들기가 쉽지 않아.
서로 통할 수 없는 것이 점점 더 많아진단다.

항상 허물없이 옆에 앉을 수 있을 것 같던 아빠는
그렇게 언제부턴가 조금 불편한 사람이 되고 말더구나.

하지만, 딸아.
감정적인 엄마와는 달리 묵직하게 품어 주는 아빠란 존재는
바람같이 살아갈 너에게 항상 되돌아올 곳이 되어 줄 것이다.
세월이 아무리 흘러도 아빠한테만큼은 네가 먼저 다가가렴.
네가 먼저 아빠 옆에 앉아라.

네가 나이를 먹을수록
아빠는 세상 다른 어떤 남자보다
노력해야지만 편해지는 사람이 될 거야.
그것이 아빠와 딸이란다.

딸아,
사는 것도
일이다

남자가 하는 일을 똑같이 해내서
여자들의 일에 대한 면죄부를 받을 수 있다면,
남자들의 일을 더 잘 해내 보이겠다고 다짐하던 때가 있었다.

여자가 결국 해야만 하는 일이 가사와 육아일 뿐이라면,
내 어린 딸에게는 지금부터 그 어떤 교육도 하지 않고
가사와 육아만 가르치겠다고 울부짖던 때도 있었단다.

엄마가 되고 나서
여자는 집안일을 해야 한다고 내 역할이 규정되었을 땐
모든 것이 그렇게 억울할 수가 없었어.

엄마라는 타이틀이 어떤 직위보다 좋았지만,
그 어떤 화려한 말로 육아를 포장해도
여자인 사람에게 '정체기, 암흑기'인 것은 분명했단다.

딸,
어떠한 정체기나 암흑기가 와도
네가 무언가가 되기를 포기하지 마라.
사는 것도 일이라고 생각하렴.
일하듯이 살아야 한다.

고단할 때도 때려치우고 싶을 때도 있을 테고,
남들이 나의 힘듦을 알아주길 바라고도 싶을 테고,
그 일을 하기에 너무 어리거나 늙었다고 느낄 때나
나에게만 너무 불공평하다고 느낄 때,
끝까지 혼자서 해야만 할 때도 있을 것이다.

하지만 그 어떤 과중한 업무도 계속해 나간다면
네가 하고 싶은 일, 네가 바라는 새로운 일이
정말로 기다리고 있단다.
엄마가 그랬어.

'엄마'라는 것은 벼슬이 아니라고,
육아는 끝이 있는 '일'이라고 생각한 순간부터
이 일이 끝난 후 나 자신에 대한 꿈을 멈추지 않았단다.
기필코 무언가가 되겠다고 다짐하며 살았고,
지금은 꽤 여러 가지의 타이틀을 가지게 되었단다.

딸아, 지금 너의 일상이 힘들더라도
아무것도 포기하지 말고 일단 끝을 보거라.
일하듯이 살아라.

포기하지 않는 한
삶도, 일도 계속된단다.

딸아,
행복한 하나로
존재해야 한다

사람과 사람 사이에는
존중받아야 되는 공간이 필요하다고 한다.
아무리 친한 사이여도 너무 밀착되어 버리면
나 자신이란 존재를 망각하게 될 때가 있어.

내가 좋아하는 것을 잊고 남이 좋아하는 것을 좇게 되고
내가 하고 싶은 것을 잊고 남이 하고 싶은 것을 좇아 하고…….

네가 정말 원하는 것이 무엇인지
네 마음의 소리에 귀 기울이기란
정말로 쉬운 일이 아니란다.

딸,

문득 하고 싶은 게 떠오르면

같이 할 사람이 없다, 망설이지 말고 혼자서라도 하렴.

한 귀퉁이에 숨어서 쭈뼛대며 하지 말고,

혼자서라도 당당히, 신 나게 하렴.

자신이 하고 싶은 일을 혼자서 하지 못해
남에게 기대고 바라게 된다면
더욱 실망하고 외로워질 것이다.
함께하는 삶이 더욱 힘들어지는 것이란다.

완벽한 하나가 되었을 때
둘이 진정으로 함께할 수 있고,
행복한 둘이 되기 위해
행복한 하나로 존재할 줄 알아야 한단다.

딸아,
내비게이션을 끄고
다녀라

편하게 길을 알려주는 내비게이션이 생기고서
바쁜 세상에 실패도 덜하고 빙빙 돌아가지 않게 되었다.

그런데 간혹 기계가 고장 나거나 길을 잘못 알려 주기라도 하면
이내 길을 놓쳐 버리곤 한단다.

딸아, 주변을 보지 않고, 기계에만 의존해서 길을 찾지 마라.
길을 헤매기도 하고 표지판을 보기도 하면서 익숙해지지 않으면
몇 번이고 가던 길도 초행길처럼 느껴지고
내비게이션 없이는 길을 찾을 수 없게 된단다.

사는 것도 비슷하단다.
넌 이미 네가 가야 할 목적지를 알고 있어.
하지만 가는 방법을 스스로 찾아내지 못한다면
어디서부터 시작해야 하는지 헤매게 되고,
남들이 그려 놓은 길만 계속 쫓아가야 한단다.

딸아, 길 위에서도, 삶 위에서도 내비게이션을 끄고 다녀라.
지도를 보고, 표지판을 보면서 네 힘으로 가렴.
너만의 지도를 만들고, 지름길을 찾아내어서
그 길로 가렴.

길을 잘못 들어서도
불안해하지 마라.
모든 실수는
모든 교훈이란다.

딸아,
작은 것부터
시작해라

요즘은 어느 동네를 가더라도 같은 동네처럼
비슷한 프랜차이즈 간판들이 즐비하다.
프랜차이즈 기세에 밀려 개인 가게는 찾아보기 힘들고,
대형할인점이 강제로 문을 닫아야
소상인들이 그나마 살아남는 세상이니
돈이 돈을 번다는 말이 사실인 것 같아.

그래도 조금 희망적인 건,
변두리 구석진 골목에서도 오랜 시간 버티며
단골을 늘려나가는 곳이 있는 걸 보면
꼭 규모가 큰 것이 능사는 아닌 듯하구나.

딸아, 큰돈 들여 큰돈 버는 일은 누구나 할 수 있다.
적은 돈 들여 크게 버는 사람이 더 많이 번 사람이란다.
시작부터 꼭 커야 한다는 생각을 버리렴.

네 꿈을 이루는 것도 마찬가지란다.
처음부터 거창하게 계획을 세우고
모든 것을 다 갖추고 시작해야 한다 생각하지 마라.
작은 꿈도 얼마든지 크게 실현될 수 있단다.

딸,
경쟁이 되지 않을 거라고,
준비가 완벽하지 않다고,
아무도 도와주지 않을 거라고
지레 포기해 버린 꿈이 없었는지
한번 되돌아보렴.

아마 그 꿈들은
경쟁이 되지 않아서
준비가 완벽하지 않아서
아무도 도와주지 않아서가 아니라
네가 포기했기 때문에 실현되지 않은 것뿐이란다.

딸아, 네가 가진 작은 것부터 시작해라.
네가 거대하다고 생각하는 것들도
처음엔 네가 가진 것보다 작은 것에서 시작되었다.

네가 계획한 일들은,
네가 안 된다고 마음먹는 순간
이미 안 되게 되어 있단다.

딸아,
남자를
잘 만나라

여자는 태어나 두 번 운명이 바뀐다는 말이 있다.
한 번은 부모를 만나서, 또 한 번은 남편을 만나서.
여자는 물과 같고 남자는 그릇과 같아서
그릇의 크기에 따라 여자의 깊이가 달라진다는 말도 있다.

시대착오적인 소리 같지만
사람 잘못 만나 인생 망친 사람들도 분명 있으니
그리 근거 없는 소리는 아니다.

흔히 좋은 남자는 좋은 여자가 만든다고 하지.
좋은 여자도 마찬가지란다.

네 안의 좋은 모습을 끌어내 주는 남자를 만나야 한다.
너의 인성을 바닥까지 끌고 내려가거나
너의 이성을 놓치게 하는 사람은 만나지 마라.

남자가 네 인생 전체를 좌우한다는 것이 아니다.
다만 어떤 남자를 만나 네 감성과 감정이 다친다면
그는 끊어 낼 사람이니 단호히 끊어 내라.
너 자신을 지켜라.

좋은 남자는 자신의 여자에게
집착녀, 의부증, 된장녀 따위의 타이틀을
붙이지 않는단다.

딸아,
잠을
잘 자라

사람은 마음이 힘들면 잠부터 오지 않는다.
그래서 잠자는 습관은 네 심신 건강의 중요한 지표가 된단다.
불면의 밤이 계속되면 깨어 있는 시간이 힘들어지고
눈 뜨고 있어도 깨어 있지 않은 것처럼 보내게 되고
억지로 잠을 자려고 수면제를 먹게 되기도 한단다.

낮 동안에는 피로를 유발하는 뇌파가 나온다고 해.
네가 아무리 즐겁고 행복한 하루를 보냈다 해도
밤이 되면 어김없이 피곤해지는 것은 그 때문이지.
그 피곤을 풀어 주는 또 다른 뇌파는 자는 동안에만 나오니
사람은 충분히 잠을 자야 한다.

딸,
아무리 바쁘고 신경 쓸 것이 많아도,
괴롭고 고민거리가 쌓였어도
억지로라도 잠은 제대로 자면서 하렴.

다 접어 두고 푹 자고 일어나면
해결되는 일들도 많단다.

지금 푹 자 두는 잠은
미래의 건강을 위한
저축이란다.

딸아,
참고만 살지
마라

'분노 조절'이라는 강좌가 인기를 끌 정도로
요즘 사람들은 화를 조절하는 것에 익숙지 않은 것 같구나.
그 화를 참지 못해서 후회할 일들이 참 많이도 벌어진단다.

세상엔 너의 의지와는 상관없이 분노할 일들이 너무나 많아.
세상이 거는 시비에 일일이 대꾸해도 화가 나고,
세상이 거는 시비를 무시해 버리려 해도 화가 나고,
너는 가만히 있는데도 화날 일들이 생기고,
네가 잘하고 있는데도 분노할 일들이 생긴다.

너도, 세상도 다 정상이다.

네가 지극히 평범한 인성의 소유자라면
네 마음속의 화나 분노도 지극히 정상적인 것이란다.
그러니, 피하거나 참고 살려고 하지 마라.

먹어서 기분이 좋아지면 먹고
말해서 화가 풀리면 친구를 만나고
움직여서 분노가 가라앉으면 운동을 하렴.

소모적인 분노로 자신을 해치지 말고
건강한 방법으로 화를 다스리고
지혜롭게 해소하며 살아라.

정신은 분명
육체를
다스린다.

딸아,
　일기를
써라

〈임금님 귀는 당나귀 귀〉 동화에서
아무에게도 말 못할 이야기를 받아 주었던 대나무 숲 기억나니?
그것에서 아이디어를 낸 '온라인 대나무 숲'도 유행이었단다.
사람에겐 그렇게 자신이 품고 있는 얘기를 받아 줄 곳,
누구에게도 눈치 볼 것 없이 쏟아부을 곳이 필요하단다.

요즘 사람들은 자신의 얘기와 모습을 온라인에 잘도 풀어놓지만,
그곳은 진정한 대나무 숲이 아니란다.
집에 비유하자면 그곳은 거실에 가깝다.
깨끗이 치워 놓고 보여 주고 싶은 것들만 놓는 곳이 거실이란다.
지저분한 화장실 사정도, 부부 간의 안방 사정도 모를 일이란다.

딸아, 일기를 써라.
일기장 안에 너만의 대나무 숲을 만들어라.
마음을 쏟아 내면 진실로 가벼워지는
대나무 숲 같은 일기를 쓰려무나.

한번 쓰고 나면
다시 읽으며 확인하지 않아도 되는
그런 너만의 일기를 쓰며
네 안의 것들을
잘 비워 내며 살아라.

쏟아 내야 할 것들을 품고 살면
틀림없이 병이 난단다.

딸아,
처음 계획대로
해라

'사는 것은 선택의 연속이다.'라는 흔한 문장이 있어.
흔한 만큼 정말 맞는 말이다.
선택을 하지 않으면 다음 단계로 넘어갈 수가 없단다.

하다못해 물건을 사거나 먹을 것을 고를 때,
여행지를 선택하거나 일정을 계획할 때……,
선택에 앞서 수많은 대안이 너에게 제시될 것이다.

그 와중에 또
마음이 이리저리 흔들릴 것이고,
생각이 날개를 달고 참 멀리도 다녀올 거야.

소위 말하는 '이왕이면' 병에 걸려들기라도 하면
네가 애초 의도했던 최소한의 요구도 쉽게 잊혀지고,
결과가 목적을 가리게 되기도 한단다.

딸아, 너무 많은 대안들로 선택하기 어렵거든
네가 맨 처음 생각했던 대로 해라.
빠르게 결단을 내릴 수 있고 가장 후회가 적을 거란다.

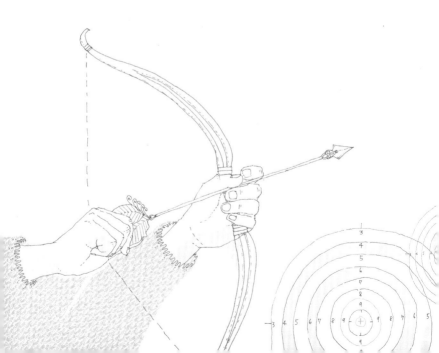

돌고 돌아 결국 제자리로
돌아오게 되는 순간,
너의 처음 느낌이 가장 옳았다는 것을
자주 깨닫게 될 거란다.

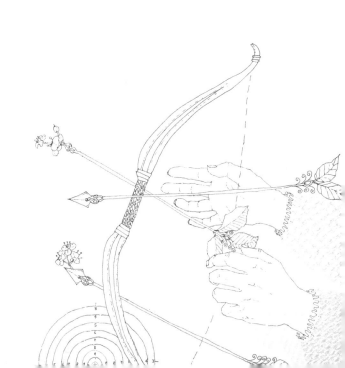

딸아,
적당히 꾸미고
살아라

엄마가 나이 먹어 초라하고 볼품없이 다니면
누구의 흉이 될까 생각해 보니
부모를 건사 못한다고 네 흉이 될까 싶더구나.
그래서 너를 위해 적당히 꾸미고 살려고 마음먹었단다.
마찬가지로 네 행색이 추레하거나 분수에 맞지 않는다면
그건 분명 엄마의 흉이 될 것이다.

여자의 본능으로 알아서 가꾸겠지만
현명하게 차려입고 다니렴.
네 형편과 나이에 맞지 않는 가방과 옷들로 치장된 모습은
결국 그것들을 위해 지갑을 연 사람을 욕보이는 일이다.

자식의 돈으로 모피코트를 사 입고
자식의 돈으로 성형수술을 하는 부모를 선뜻 이해할 수 없듯이
부모의 지갑을 열어 명품 가방과 고가의 옷들을
꺼내려 하는 어리석은 딸이 되지 마라.

딸아, 적당히 꾸미고 살아라.
겉치장에만 돈과 열정을 쏟아붓는 여성이
결코 아름답게 보일 리 없단다.
과하지 않게, 현명하게 꾸미고 살도록 해라.

부모에게,
남자친구 또는 남편에게
혹은 너 자신에게
'등골브레이커'가 되지 마라.

딸아,
남들 배운 만큼은
배워라

오늘도 방송에서는 학력이 전부가 아니라며,
학교를 자퇴하고도 성공한 연예인의 이야기가
전설처럼 꾸며져 방송되고 있다.

높은 학력 없이도 성공한 사람들 이야기는 참 감동적이다.
사람마다 생긴 것이 다르듯 가지고 있는 재능도 다르고
학력보다 재능이 인정받아야 한다는 것에 엄마도 동감한단다.
또 그런 사회가 되어야 한다고도 생각하고.

하지만 딸아, 그렇게 되기가 정말 어렵고 드문 일이라
방송에도 신문에도 나오는 거란다.

잘 생각해 보면 너도 모르게 명문대 출신의 영화배우나
공부도 잘하는 아이돌 가수에게 호감이 더 간 적 있지 않니?

그렇게 꼭 명문대를 가거나 스펙이 좋지 않더라도,
적어도 대부분의 사람들이 배운 만큼은 배워야지만
네가 가진 재능을 펼치려 할 때 더 많은 선택권이 주어진단다.

딸아, 이슈가 되는 사람들에 현혹되지 말고
일단 남들만큼은 배워 놓아라.

추울 때 추운 곳에서 일하고
더울 때 더운 곳에서 일하는 것.
사소한 것 같지만 그게 바로
고생이란다.

딸아,
살 수 없는 것을
부러워해라

살다 보면, 다른 사람들과 네 인생을 비교하게 될 것이다.
출발선부터 다른 인생, 추월하기가 힘든 인생들 속에서
조건의 평등이냐, 기회의 평등이냐
옥신각신할지도 모르겠다.

딸아, 비교 자체가 다 부질없는 짓이다.
돈으로 살 수 있는 것은 부러워하지 마라.
언제든 돈이 생기면 할 수 있는 일에 대해서는
갖지 못한다고, 하지 못한다고
조급해할 필요가 없단다.

네가 돈이 차고 넘쳐도

살 수 없는 것에 대해 부러워하렴.

실패로부터의 교훈, 여행에서 얻은 경험, 공부해서 거둔 결과……,

이렇게 네가 직접 시간과 노력을 투자해야만 하는 것,

그런 것을 가진 삶에 대해서 마음껏 부러워해라.

그것들을 부러워하는 마음은 부끄러운 것이 아닌

그 사람들에 대한 예의란다.

돈으로 살 수 있는 것을

부러워하는 마음은 부끄러워해라.

그것은 단순한 질투이기 때문이란다.

딸아,
잘 버리고
살아라

지금 네 옷장에 작년에 한 번도 입지 않은 옷이 있다면
지금 당장 그것을 버리렴.
넌 그 옷을 올해도 입지 않을 것이다.

지금 네 화장대에 작년에 한 번도 차지 않은 귀걸이가 있다면
지금 당장 필요한 사람에게 주렴.
넌 분명 그것을 올해도, 내년에도 차지 않을 것이다.

쓰지도 않으면서 버리지 않는 것은 절약도 검소함도 아니란다.
단돈 몇천 원짜리 물건이라도 쓰지 않고 두고만 있다면
그것이 바로 사치고 낭비란다.

네가 비싸고 분에 넘치는 것을 얻었다 해도
그것을 아낌없이 다 사용한다면
그건 사치가 아니란다.

무언가를 버린다는 것이 양심에 찔리기도 하지만
더 이상 쓰지도 않을 것에 의미를 두고 있으면서
부담감만 더욱 키운 적이 없었나 생각해 보렴.

딸, 사람이든 물건이든 잘 버리고 살아라.
빈자리가 있어야 들어올 자리가 생긴단다.
너무 가지고만 있으려고 하지 마라.

정말 필요한 것을 가질 기회를 놓칠 수도 있단다.
정말 네 옆에 있어야 하는 사람이
못 들어올 수도 있단다.

많이 가지고 있다고
좋은 것을 가진 건 아니고
좋은 것을 가지고 있다고
모든 것을 가진 건 아니란다.

딸아,
기념일을
챙겨라

살다 보니 저절로 기뻐할 일은 그다지 많지 않더구나.
별것 아닌 것 같고 상투적으로 느껴지는
몇몇 기념일이라도 없었으면
내가 누군가를 위하는 일도,
누군가가 나를 위하는 일도 없이
무미건조하게 살아가고 있을지도 모르겠구나.

딸아, 기념일을 챙기고 살아라.
억지로라도 챙기고 넘어가는 인생의 대소사들이 결국
나만의 추억이 되고 나만의 역사가 된단다.

크게 기뻐할 일만을 기다리고
누군가가 나를 행복하게 해 주기만을 기다린다면
아마 그건 시간을 낭비하는 일이 될 것이다.
작은 일도 기념하고 그날을 축하하면서
재미있는 일을 만들며 살렴.

그리고 이왕이면,
생일을 꼭 챙기는 가정에서 자란 남자를 만나렴.
기념일을 너무 챙겨서 때로 남자답지 못해 보이더라도
생일만큼은 꼭 챙기는 남자를 만나렴.

그런 남자는
작은 일에도 기뻐할 줄 아는
남자일 거란다.

딸아,
효율적으로
살아라

세상이 많이 변했다지만,
여전히 여자의 몫으로 여겨지는 일들이 존재한단다.
발전된 기술이 우리를 편리하고 자유롭게 해 줄 수 있는데도
그것을 누리면 불편한 시선을 받을까, 망설이게 되면서
그 자유에서 오는 즐거움을 온전히 누리지 못할 때도 많단다.

딸아,
손빨래를 세탁기가 대신한다고 게으르다 하지 않으니,
설거지를 식기 세척기가 대신한다고 부끄러워하지 마라.
빗자루를 청소기가 대신한다고 사치라 하지 않으니,
로봇청소기를 돌리며 갖는 여유로운 시간을 즐기도록 해라.

딸아, 효율적으로 살아라.
세상은 더 편리한 삶을 위해 지금까지 발전해 왔단다.
관습에 얽매여 불편을 감내하고 살지 마라.
세상의 편리함을 기꺼이 누리며 살아라.

여자이기 때문에
참아야 하는 불편이란
이 세상 어디에도 없단다.

딸아,
악기를 꼭
배워라

어릴 때가 아니면 예체능을 배울 시간이 없다,
일곱 살에는 피아노를 가르쳐야 한다는
엄마들 불문율에 이끌려 엄마도 너를 학원으로 내몰았었지.

사실 엄마는 너에게 음악적 재능을 기대한 건 아니었고,
꼭 피아노가 아니어도 상관없었단다.
무엇이든 악기 하나 정도는 배워 놓길 바랐던 거야.

딸아, 악기를 배워라.
다룰 줄 아는 악기가 하나라도 있으면,
언제고 다행이라고 느끼게 될 날이 있을 거란다.

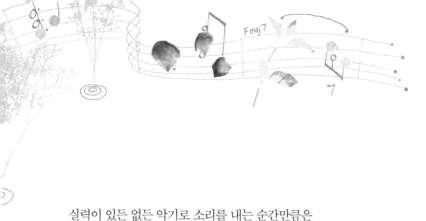

실력이 있든 없든 악기로 소리를 내는 순간만큼은
그것에 몰입돼 근심거리를 다 잊게 된단다.

악기 배우기가 힘들거든 노래라도 소리 내어 불러라.
악기 하나 배워 놓지 못한 엄마도
내 맘 같은 노래 가사에 푹 빠져 흥얼거릴 때면
가슴이 훅 트이곤 한단다.

음악으로 고단함을 잊고,
음악으로 즐거움을 표현하며 살아라.

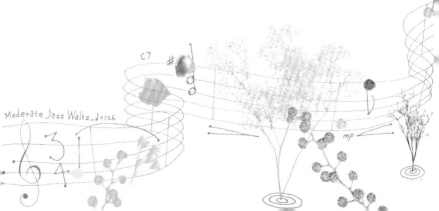

딸아,
엄마와 함께
고민하자

살다 보면 가족끼리도 나누기 힘든 이야기가 분명 생긴단다.
괜한 걱정거리를 나누게 될까 봐 혹은 비난을 받게 될까 봐서
그렇게 혼자 끙끙 앓다 일이 커지기도 하고
속이 문드러지기도 해.

딸아, 엄마는
문제를 해결하지 못할 거라고 너를 과소평가하지도
앞뒤 재지 않고 무턱대고 너만 탓하지도 않을 거란다.
그러니 누구에게도 말 못할 고민이 생긴다면
적어도 엄마한테만은 털어놓으렴.

사랑 때문에, 친구 때문에, 돈 때문에 힘들 때,
미래가 늘 불행할 것만 같이 느껴질 때,
결코 그 불행을 벗어날 수 없을 것 같을 때,
스스로를 포기하고 싶어질 때…….

끝끝내 고민을 나누지 않은 채 자신을 포기해 버린다면,
너와 짐을 나누지 못한 가족들을 후회 속에 살게 한다면,
세상에 그것처럼 비극적인 일은 없다.

딸아, 엄마와 함께 고민하자.
벼랑 끝에 혼자 서 있다고 생각될 때 뒤를 돌아보려무나.
엄만, 항상 흩날리는 네 옷자락을 붙잡고 서 있을 거란다.

세상의 총구가
모두 다 너를 겨누고 있어도
엄마가 그 앞에 막아서리란 걸
믿고 또 믿어라.

딸아,
말의 힘을
믿어라

옛 어른들은 항상 말조심하라고, 말이 씨가 된다고 했단다.
말에는 주술적인 힘이 있어서 자꾸 밖으로 꺼내어 말하다 보면
언젠간 그렇게 된다고 하더구나.

엄마가 살아온 길을 돌이켜 봐도, 생각한 대로 되었던 일보다
말하는 대로 되었던 일들이 더 많았던 것 같다.

스물다섯 살이 되면 꼭 내 차를 사겠다거나,
언젠간 외국에서 살아 보겠다거나,
딸만 낳겠다거나 하는 것은
어릴 적부터 입버릇처럼 해 온 말들이었어.

신기하게도 그런 기회들이 때맞춰 생겨났고
결국 말한 대로 살아왔더구나.
믿는 구석 하나 없었던 엄마의 말은 이렇게 현실이 되었단다.

반면에 늘 '짜증 나 미치겠다.'를 입에 달고 사는 사람이 있었어.
나중에 보니 정말 짜증 나고, 미치겠는 삶을 살고 있었단다.
그런 것이 말의 힘이라고 생각해.

딸아, 말의 힘을 믿어라.
의식적으로라도 긍정적인 말을 하며 살아라.
네가 자주 쓰는 말이 주문같이 외워진다는 것을 잊지 말렴.

세 치 혀 밑에 도끼가 숨어 있단다.
말의 힘을 믿고,
두려워하며 살아라.

딸아,
사진을
현상해라

요즘 우리는 온라인 공간에 너무 많은 것을 넣어 두고 산다.
사람과 사물, 인간관계뿐만 아니라 자신의 하루하루도
온라인에 올려 두고 감상하고 있단다.
맘 내킬 때 꺼내 보고, 맘에 안 들면 지워 버리지.

앞으로는 온라인상의 흔적을 없애 주는 직업이 주목받는다 하니,
정말 많은 부분을 무형의 공간에 할애하며 살고 있는 것 같구나.

하지만 딸아, 사람은 실제로 존재해야 한단다.
사진을 현상해 놓으렴.
너의 흔적을 유형의 공간에 남겨 놓으렴.

흐리게 나온 너도, 어둡게 나온 너도
네가 존재하였다는 것을 실제 세상에 남겨 놓아라.

쉽게 지울 수 있어서 신중하지 못하게 되는 마음과,
항상 최고로 보이는 것만 남겨 놓으려 하는 마음을 경계하렴.

너를 존재할 수 있게 한 것을
태어나서 가장 잘한 일이라고 생각하는
엄마의 마음을
잊지 말고 살아 주렴.

딸아,
  어둠 속에선
생각하지 마라

딸아, 어둠에는 이상한 힘이 있단다.
잔잔한 마음을 세차게 흔들기도 하고
밝을 때 했던 결심을 뒤집어 놓기도 한다.
지독히 외롭게 만들기도 하고,
믿고 있던 마음에 의심을 심어 놓기도 하고,
한 사람만 향했던 눈빛을 다른 곳으로 향하게도 한다.

그래서 작은 일도 큰일이 되고
생기지 않을 수 있었던 일도 결국 만들어 버리고
후회할 일, 끔찍한 일, 어이없는 일도 생기게 한단다.

딸아, 마음이 혼란스러울 때는 다 덮어 두고 잠을 자라.
어둠 속에선 생각하지 마라.
어둠이 주는 거짓에 속지 마라.
어둠 속에 떠오르는 생각은 진짜일 가능성이 낮단다.

날이 밝으면 생각하렴.
가장 너다울 때 다시 생각하렴.

사고는 대개
해가 지면
생기는 거란다.

딸아,
좋은 신발을
신어라

물이 고여 있으면 썩어 버리듯이
사람도 한곳에만 머물러 있으면 몸과 마음이 상한단다.
집 밖으로 나가서 햇빛도 쐬며 걷고,
비와 바람, 추위와 더위 모두 다 겪어야지.

그러려면 네 발에 잘 맞아 편하면서도 예쁜 신발이 필요해.
온몸을 예쁘게 꾸미고 나섰는데 신발이 어울리지 않으면
한순간 맥이 풀리고 내내 신경 쓰인단다.
거기에 불편하기까지 하면 분명 외출이 싫어질 거란다.

딸, 꼭 예쁘고 편한 신발을 신어라.

다른 어떤 것보다 신발은 편하고 예쁜 것으로,
상황과 장소에 맞는 것으로 여러 개 준비해 두렴.

외출이 즐거우면 여러 곳을 다닐 테고
여러 사람을 만날 테고
많은 것을 느끼게 될 것이다.

좋은 신발은
좋은 곳으로
데려다준단다.

딸아,
집에서 일할 준비를
해라

딸아, 엄마는 장차 네가 자식을 낳든 말든 관여치 않을 거란다.
그런데 만약 네가 자식을 낳는다면,
미안하지만 그건 온전히 네 몫이다.
네 자식은 네가 직접 키워야 한다.

엄마는 딸만 있는 집에 태어나 딸만 둘 낳았기에
이 세상 딸들이 행복하기를 누구보다 바란단다.
그리고 아빠들만 생계를 책임지기엔 벅찬 세상인 것도 잘 안다.

그런 내가 이런 얘기를 할 수밖에 없는 건
아이는 엄마가 키우는 것이 정답이라는 걸 알았기 때문이야.

그러니 딸아,
언제고 집에서 일할 수 있도록 준비하렴.
엄마가 되겠다고 마음먹었다면 소일거리 정도는 익혀 놓으렴.
그게 돈이 되어 네 가계에 보탬이 되든
그게 실력이 되어 네 경력에 보탬이 되든
둘 중 하나가 된다면 충분히 좋다.

모든 날개 있는 것들은 날갯짓을 멈추면 추락한단다.
네 날갯짓을 멈추지 말렴.

넌 언제고
다시
날아오를 거란다.

딸아,
두 가지 주제를
조심해라

네가 사는 사회에 관심을 두는 것,
너만의 뚜렷한 색깔과 관점을 갖는 것,
너의 사회적 위치에 맞게 참여하고 사는 것은
매우 중요하고 필요한 일이다.

하지만 종교와 정치를 주제로 삼는 것에는 주의를 기울여라.
좀처럼 의견이 모아지지 않는 주제가 그것들이란다.
부부간에도, 부모와 자식 간에도
평행선을 달리는 것이 그 두 가지란다.

웬만하면 돌아가려무나.

길을 가다 호랑이를 만났다고 생각해 보렴.
호랑이와 싸워서 네가 설령 이긴다 해도
크든 작든 너도 분명 상처를 입게 될 것이다.
그런 싸움은 피해 가는 것이 옳다.

딸,
너의 관점을 포기하라거나
비겁하게 뒤에서 떠들라는 것이 아니다.
이해와 양보가 가능한 주제였다면
이 세상이 몹쓸 전쟁으로 피 흘리고 있지 않았을 것이다.
끝없는 정쟁으로 혼란만 거듭되고 있지 않았을 것이다.

서로의 차이를 인정하기 힘든 것이
종교와 정치라는 사실 자체를 받아들이면
불필요한 싸움을 피할 수 있을 거란다.

딸아,
투표는 꼭
해라

노르웨이에서는 16세 이상이면 누구나 정당에 가입한다는구나.
그래서 그 나라 정치인들은 학교에서도 정당연설을 해야 한대.
아직은 지식과 견문이 부족한 청소년일지라도
정치에 관심을 가지며 자라날 것 같구나.

딸, 지금 네 눈에 비친 세상은
똑똑한 몇 명이 이끌고 있는 것처럼 보일지도 모르겠다.
하지만 네가 그들에게 관심이 있다는 몸짓만으로도
너는 그들과 함께 세상을 이끌고 있는 것이다.
그중에서도 투표가 가장 영향력이 큰 몸짓이란다.
태어남과 동시에 모두에게 평등하게 주어지는 대단한 권리란다.

딸아, 꼭 투표를 해라.
네가 속한 세상에 관심을 가지고 살아라.
세상에 대한 너의 관심이 아주 높다는 걸
세상을 이끌고 있다는 그 몇 명에게 보여 주렴.

그러한 일들이 모여 세상을 바꾼단다.

네가 바꿔 가는 너의 나라를
자랑스러워하는 여성이
되길 바란다.

딸아,
대가를 바라지
마라

자신이 베푼 만큼 받기를 바라는 마음은
종종 인간관계를 힘들게 하더구나.
이상하게도 상대가 원해서 해 준 것이 아닐 때,
알아주길 바라는 마음이 더욱 크니
참, 말이 안 되지.

딸아, 네가 그냥 해 준 것이라면 그길로 잊으렴.
네가 베풀고 행복했다면 그것으로 만족하렴.
네가 한 것을 알아주기를 바라고,
네가 한 만큼 상대도 너에게 해 주기를 바라기 때문에
서운한 마음이 생겨나는 거란다.

네가 목적 없이 한 행동에 대해선 대가를 바라지 마라.
생색내는 사람과 함께 있을 때 사람들은 불편해한단다.

네 마음이 진심이었다면
그것은 네 입을 통하지 않고도
언젠가 드러나게 되어 있단다.

딸아,
후회는 짧게
해라

네가 지금 후회하고 있다는 건
그 일은 이미 지나간 일이라는 것이고,
네가 지금 아주 깊이 후회하고 있다면
그 일을 되돌리기엔 이미 늦었을 것이다.
그러니 후회는 이제 그만하고
후회스러운 일을 다신 만들지 않을 생각을 해라.

어떤 사람을 놓쳐 후회하고 있다면
다음 사람은 다신 놓치지 않으리라 마음먹고,
시험공부를 안 해 후회하고 있다면
차라리 지금 당장 책상 앞에 앉아라.

딸,
해서 후회했다면 다신 안 하면 되고,
안 해서 후회했다면 해 보면 된다.

10분을 생각해서 해결할 수 없는 고민거리는 그냥 잊고,
후회할 순간이 닥쳤다면 짧게 후회하렴.
과거가 주는 교훈을 곱씹는 시간은 10분으로 정해 두고
그 이후엔 미래를 생각해라.

후회는
더 나은 미래를 위한
기회일 뿐이란다.

딸아,
기도할 곳을
찾아라

아주아주 오래전에 살던 사람들은 나무를 향해서도 빌고
하다못해 돌을 세워 놓고도 기도했단다.
본능으로만 살아가던 시대에도
믿고 의지할 절대적인 존재가 필요했던 거겠지.

딸, 종교는 다 늙어서 의지하는 마지막 수단이 아니란다.
나 자신을 믿겠다느니, 허세를 그만두고 힘들 땐 종교를 가지렴.
살다 보면 기도하고 싶은 순간이 분명 생기게 된다.
무언가를 바라면서, 또는 누군가를 위해서…….
하지만 무엇보다도 자신을 위해 기도하고 싶을 때가 있어.
그러니 네가 기도할 곳을 찾으렴.

엄마는 아주 오랫동안 종교가 없었어.
그것이 또 대단히 자신감 넘치고 멋진 것으로 생각했단다.
그런데 살다 보니 절대적인 힘을 빌리고 싶은 시련이 오더구나.

뒤늦게 찾은 종교를 제대로 공부한 적은 없었고
꾸준히 기도하러 가지도 않았지만,
힘들다는 말이 목구멍까지 치달을 땐
모두 잘되게 해 달라고 기도하면서 위안 삼았단다.

딸아, 종교에만 의존하라는 것이 아니다.
네가 힘든 순간, 무의식이 찾을 만한 종교 하나는 정해 놓으렴.

대부분의 기도는
이루어지고 있다고,
엄마는 믿는단다.

딸아,
품위 있게
살아라

딸아, 품위 있게 살아라.
좋은 집, 좋은 차, 좋은 가방이 있다고 품위 있는 건 아니란다.
그런 것을 누리며 책 한 권 안 읽고 사는 것보다
지하 단칸방에 살아도 신문을 읽고 사는 것이 품위 있다.
대리석 식탁에서 밥솥째 밥을 먹는 것보다
소박한 밥상에서도 밥그릇에 밥 떠 놓고 먹는 것이 품위 있다.

새치기를 한 사람에게 내가 먼저라고 당당히 얘기하는 것이
너의 품위를 지키고 사는 것이고,
옳지 않은 것을 보았을 때 그냥 지나치지 않는 것이
인간으로서 품격이 높은 삶이란다.

좋은 게 좋은 거고 편한 게 좋은 거고
바쁜 세상 빠른 게 좋은 거라고 하지만,
어른에게 먼저 인사하고
불편한 사람에게 자리를 양보하고
네 쓰레기는 네가 가져가렴.
귀찮다고 아무렇게나 밥 먹지 말고
힘들다고 아무데서나 주저앉지 마라.

작지만 기본적인 것을 지키고 사는 여성이 되렴.
그런 여성이 아름다워 보이고, 품위 있게 보인단다.

품위 있는 사람이 가진
카리스마는
큰 무기가 된단다.

딸아,
김밥이나 비빔밥을
먹어라

먹거리가 넘쳐 나는 세상이다.
그런데, 값이 싸면서도 몸에 좋은 음식이 있는가 하면
터무니없이 비싸도 영양은 엉망인 게 있는 걸 보면
음식의 가격과 질은 비례하지 않는 것 같구나.

딸아,
넘치는 먹거리 중에서 무얼 먹을까 망설인다면
김밥이나 비빔밥을 선택해라.
가장 평범하고 가장 흔한 메뉴지만
다른 어떤 것보다 믿을 수 있는 게
바로 그 두 가지란다.

이십 년간 뷔페를 운영했다던 사장이 말하기를
뷔페 메뉴 중 가장 안심할 수 있는 게 바로 김밥이래.
냉장·냉동도 안 되고 대량으로 만들 수도 없어서
그날 만들어 그날 먹을 수밖에 없는
유일한 메뉴라고 해.

비빔밥도 비슷한 이유다.
비빔밥에 들어가는 나물들은 대부분 자연에서 나왔고
조미료에 많이 의존하지 않는 메뉴가 비빔밥일 게다.

딸,
다양한 먹거리를 즐기는 것은 사는 낙 중에 하나란다.
하지만 입맛도 없고 자극적인 맛이 꺼려지는 날이나
마땅히 고를 메뉴가 없는 날엔 둘 중 하나를 선택하렴.
네 지갑도, 위도 만족할 거란다.

가장 기본적인 음식이,
몸에는 가장 좋은
음식이란다.

딸아,
사랑에 모든 것을
걸지 마라

사람을 사랑하면서 가장 무서운 건
내가 그를 사랑한다고 착각하는 것과
그에게 사랑받고 있다고 착각하는 것이란다.
데이트 폭력이니, 이별 후 보복이니 하는 건
그렇게 착각하는 사람들이 만들어 내는 일이야.

사랑한다는 이유로 모든 것이 다 용서될 수 없고,
사랑이라는 이유로 모든 것을 설명할 수도 없단다.

네가 최선을 다해 사랑한다며 헌신하는 것이
사실은 네 욕심을 위한 일이 아닌지 항상 생각해 보렴.

사랑 외에 믿음, 신뢰, 자존감, 우정 같은
다른 감정들도 다룰 수 있는 사람이 되기 전까진
사랑만이 최고라고 말하지 마라.

딸아, 사랑에 네 모든 것을 다 걸지 마라.
그렇게까지 하지 않아도 되는 사랑이
진정한 사랑이란다.

사랑을 잃었을 때
모든 것을 다 잃은 것처럼,
장난감 잃은 어린애처럼
굴지 마라.

딸아,
가장 좋은 것을
해라

마음은 가끔씩 편한 길만을 안내한단다.
이 정도 사람이면 괜찮으니 그냥 만족하라고.
이 정도 일이면 됐으니 지금에 머무르라고.
이 정도면 나쁘지 않고 나쁘지 않으니 좋은 거라고.

그런데 우리는 마음이 말하는 것이 정말 좋은 건지
좋은 것으로 착각하고 있는 것은 아닌지
확인할 방법이 없으니 참으로 헷갈린단다.

딸아, 정말 좋다고 느끼는 것을 하렴.
싫지 않다고 좋은 것은 아니란다.

어중간하게 만족해 버리는 것이 습관이 되면
최선의 삶이라고 변명할지는 몰라도
최고의 삶이라고 자부할 수는 없단다.
안전한 선택에 머무르지 말고 가장 좋은 것을 찾아라.

이 정도면 그럭저럭 괜찮겠다, 적당한 것을 사면
차라리 아무것도 사지 말 것을, 후회하게 된단다.
이 사람쯤이면 눈 감고 살 수 있겠다, 선택하면
차라리 혼자 사는 편이 나았겠다, 후회할 날 온단다.

네가 가장 좋아하는 것을 찾고
그것을 선택하며 살아라.

'애매모호하다.'는
어중간하게 사는 자들에게
붙어 있는 장식품이고,
'안 하느니만 못했다.'는
그런 자들의 입버릇이란다.

딸아,
애창곡을
만들어라

우리나라 사람들처럼 흥이 넘치는 민족도 드물다.
DVD방, PC방 인기가 예전만 못해도 노래방만큼은 굳건하고
노래 오디션 프로그램들도 인기리에
시리즈를 이어가니 말이다.

엄마도 예전엔, 모임 자리에서 노래를 청 받으면
완창할 정도로 자신 있는 노래 몇 곡이 있었단다.
그런데 몹시 기분이 좋던 어느 날,
설거지를 하며 노래를 흥얼거리려 하니
첫 소절조차 기억나는 것이 없더구나.
참으로 답답한 일이었단다.

그때부터 엄마의 새해 목표에는 항상
그 해의 최신곡 세 곡 외우기가 들어가 있어.

딸,
가수처럼 잘 부르지 못하더라도
가사 틀리지 않고 완창할 수 있는
너만의 애창곡 하나 정도는 가지고 살아라.

남들 앞에서 노래 한 곡 불러야 할 때,
너 혼자만의 시간을 즐기고 싶을 때,
노래로 울적한 맘을 달래고 싶은 때
술술 흘러나오는 노래 한 곡을 만들어라.

마치 비상금처럼
유용하게 쓰일 때가
반드시 생긴단다.

딸아,
항상 그러하진
않다

인생의 어느 시점까지는 참 좋은 소식들뿐이었다.
입학, 졸업, 결혼, 임신, 출산…….
언젠가부터는 나쁜 소식이 더 자주 들려오더구나.
이별, 이혼, 죽음, 질병, 파산…….

언제나 건강할 것 같던 친구가 갑자기 일어나질 못하고
가난한 부모 밑에서 고생하던 이가 보란 듯이 성공하기도 했다.

딸아,
인생에는 '한결같다.'라는 단어가 없어.
항상 좋은 시절도 없고, 또 항상 나쁜 시절도 없단다.

항상 좋을 거라는 안일한 생각은
상황이 나빠졌을 때를 대비하지 않게 하고,
항상 나쁠 거라는 비관적인 생각은
상황이 좋아졌을 때 그것을 충분히 누릴 수 없게 한단다.

끝이 보이지 않아 힘들다면
항상 이러하진 않을 거라고 생각해라.
너를 괴롭히는 것이 계속될 거라는 건
너의 생각일 뿐이야.
흔한 말처럼, 정말 모든 것이 다 지나간단다.

세상에 변하지 않는 것은 없고,
모든 것에 끝이 있다는 것만이
불변의 진리란다.

딸아,
나흘째엔 어디든
나가라

학교에 다닐 땐 의무감으로 밖으로 나가고,
회사에 다닐 땐 책임감으로 밖으로 나간다.
그런 시기에 어쩌면 너는 집에서 아무것도 하지 않고
며칠이고 그냥 푹 쉬고 싶을지도 모르겠구나.

언젠가는 집에 오래 머무르게 되는 날들이 반드시 생긴단다.
방학, 취업 준비, 휴가, 재택근무, 육아, 퇴직…….
그런 날들이 오면 집에서 푹 쉬어도 좋다.
하지만, 사흘 이상 집에 머물지는 마라.
나흘째엔 어디든 다녀오렴.

살아 움직이는 모든 것들은 멈춰 있으면 굳는단다.
사람은 혼자 오래 있으면 생각이 굳어 버리고,
여자가 집에 오래 있으면 귀신 붙은 가구처럼 되어 버린다.

특히나 생각도 많고, 감정도 깊은 것이 여자야.
너의 생각과 감정들을 네모난 방구석에 꾹꾹 담아 놓으면
그것들은 점점 자신에 대한 불만과 세상에 대한 불안이 된단다.
밖으로 향하는 너의 발목을 더욱더 세게 움켜쥔단다.

나흘째엔 억지로라도 외출을 해라.
나가서 바람도 쐬고, 차도 마시렴.
나가서 움직이는 많은 것들을 보고 오렴.

사람도 식물처럼
광합성을 해야
우울해지지 않는단다.

딸아,
스승을
섬겨라

유치원 선생님은 네가 혀 짧은 소리가 심하다며
설소대를 잘라 내는 수술을 권하셨다.
겨우 네 살인 어린애에게
완벽한 발음을 기대하는 것 자체가 원망스러웠지만
그보다 더 엄마를 불편하게 만든 것은
네 말에 귀 기울여 주지 않으면 어쩌나 하는 것이었다.

나름 잘났다고 고개 빳빳이 들고 삼십 년 넘게 살아온 엄마가
혹시나 너에게 미운털 박힐까 말 한마디 마음대로 못하는 사람,
나이에 상관없이 어려워 늘 고개 숙이게 하는 사람은
바로 네 선생님이었다.

그 이유는 다른 게 없단다.
바로 내가 너를 맡기고 있기 때문이다.
자식의 스승은 세상 모든 엄마의 절대 '갑'이기 때문이다.

그러니 딸아,
너 하나 잘 보이고 싶은 엄마 맘은 뒤로해도 좋으니
스승에게 함부로 굴지 마라.
스승을 섬겨라.

스승을 섬기는 마음은
타인으로부터 배우려는 마음의 시작이 되고,
좋은 스승은 평생의 재산이 되기도 한단다.

스승은 스승이다.
스승에게 예의를 갖추는 것에
더 이상의 이유는 없단다.

딸아,
　네가 직접
벌어라

모든 것을 다 주고, 다 해 주고,
두 눈을 꽁꽁 싸맸다가 나쁜 것은 안 보여 주고
좋은 것만 보게 하고 또 먹게 하고…….
평생 그렇게만 해 줄 수 있다면 참 좋겠다.
엄마 없을 때 네가 어딘가에서 고생하는 것은
상상만으로도 아주 괴롭구나.

그런 마음이기에 더더욱 네가 직접 돈을 벌길 바란단다.
큰 재산 물려주고도 불안 속에 눈감는 부모는 있어도
자식이 스스로 밥벌이 하는 모습을 보고
편안히 눈 못 감는 부모는 없단다.

남편 덕 보려 하면 그 남편 없어질까 제소리 못 내고,
자식 덕 보려 하면 그 손만 바라보며 눈칫밥에 목메고
부모 덕 보려 하면 다 내 것만 같아 안 주시면 야속하다.
누구 덕으로 살면 숨 쉬는 것도 민폐로 느낄 날이 온단다.

딸아, 네가 직접 벌어라.
돈의 크기는 중요하지 않아.
얼마나 그것을 당당히 얻었느냐가 중요하단다.
눈치 보며 남의 돈 십만 원 쓰느니
백만 원을 한 푼 안 남기고 다 써도
네가 번 돈이면 누가 뭐랄 게 없다.

있으면 있는 대로 없으면 없는 대로
그렇게 사는 게 싫으면 네가 더 벌어 써라.

다른 이의 덕으로 먹고살려고 하지 마라.
남의 돈은 호락호락하게
네 것이 되어 주지 않는단다.

딸아,
어른을 상대로는
그 어떤 일도 미루지 마라

새치 가득한 할아버지의 머리카락을 부여잡고 목말을 타고,
할머니의 아픈 다리 위에 털썩털썩 주저앉으며 장난을 치던 너.
너는 그분들에게 아무리 나이가 들고 키가 자라도
그저 차 조심, 감기 조심을 시키고 싶은 손녀일 것이다.

하지만 언젠가부터 네가, 철이 든 양 새침해지면서
네가 할머니, 할아버지를 생각하는 마음과
그분들이 너를 생각하는 마음은 점점 더 다른 빛이 된단다.

너는 아마도 그분들을 가족이라는 울타리 너머에 두겠지만,
그럼에도 분명 너는 그분들이 가진 큰 울타리 안에 있을 것이다.

딸, 〈불효자는 웁니다〉라는 노래가 있어.
그런데 생각해 보면 하늘 아래 둘도 없는 효자도
부모가 돌아가시면 한없이 못했던 것 같은 마음에
불효자와 똑같이 후회하고 똑같이 운단다.

어른을 상대로는 그 어떤 일도 미루지 마라.
해야겠다고 마음먹은 것이 있으면
다음으로 미루지 말고 바로바로 하렴.
찾아뵈어야지 생각이 들면 그길로 찾아뵈어라.

기회가 '생기면' 용돈을 드리고 사랑한다 안아드리지 말고,
기회를 '만들어' 용돈을 드리고 사랑한다 안아드려라.
그래야 나중에 후회가 적단다.

어른들에게는 '나중'이라는 시간이
네가 가진 것만큼
여유롭지 않단다.

딸아,
말하는 법을
배워라

삶에서 오는 후회와 갈등은 대부분
말 때문에 빚어진 일들이란다.
말을 '잘' 하지 못해서 생긴 일들이란다.

문자나 메신저에 아무리 기호와 이모티콘이 즐비해도
그것만으로 상대방의 진심을 충분히 전달받지 못할 때가 있어.
상대의 목소리를 듣지 못해서, 상대의 억양을 알 수 없어서
무슨 의도인지, 어떻게 반응해야 하는지 난감할 때가 많단다.

문자나 메신저에 의존하지 말고
너의 목소리로 진심을 담아서 말하도록 해라.

딸아,
말의 속도엔 네 성격이,
말의 내용엔 네 성품이 들어 있어.
마음의 창은 눈에만 있는 게 아니라
너의 말 속에도 있는 거란다.

읽고, 보고, 생각한 것을 말로 할 수 없다면
그것을 모르는 것이라는 말도 있어.
말은 결국, 네가 알고 있는 것과 네가 어떤 사람인지 표현하는
거의 유일한 수단이 될 수밖에 없다.

딸,
무언가를 배우려 한다면 가장 먼저 말하는 법을 배우렴.
다른 누군가가 널 대신해 너에 대해 말하도록 두지 말고,
하고 싶은 말을 제대로 못 해 세상이 널 오해하도록 두지 마라.

네 할 말을 '잘'하고, 다했으면 다음엔 침묵하렴.

많이 말하는 것과
잘 말하는 것을 구별할 줄 아는
여성이 되어라.

딸아,
영원한 2순위를
정해라

인생에도 우선순위는 있다.
가치관에 따라 스스로 정하기도 하고
살면서 저절로 정해지기도 한단다.

네가 나이를 먹어감에 따라 너의 1순위는
어느 때는 성공이었다가,
어느 순간 사랑으로 바뀌었다가
그렇게 숱하게 바뀔 것이다.

하지만 어떤 순위를 매겨도 영원히 변하지 않는 2순위를
반드시 정해 두어라.

엄마의 우선순위도 때마다 바뀌었단다.

육아를 전담하고 있는 지금은 너를 잘 돌보는 것이 1순위지만

언젠가 세계여행을 가겠다는 2순위는

오랜 시간 변하지 않고 있다.

육아를 끝내고 나면 평생 할 수 있는 일을 시작하겠다는 것으로

1순위가 바뀔지는 몰라도 2순위는 여전할 것이다.

딸아, 평생 소망하며 살고 싶은 것 한 가지 정도는 정해 놓아라.

목표와 희망이 생기면 인생은 훨씬 수월하게 살아진단다.

사람도 마찬가지다.

1순위는 언제고 너무나 쉽게 변하는 자리란다.

언제고 편하게 찾아갈 수 있는 2순위를 만들어 두어라.

그리고 너도 누군가에게 영원한 2순위가

되어 주어라.

딸아,
어깨를 펴고
앉아라

살다 보면 기운 빠지는 일, 미래에 대한 걱정 때문에
저절로 몸이 위축되는 순간이 올 것이다.
그럴 때면 잠시 쉬면서 생각을 정리하거나
아무 생각 없이 머릿속을 비워 놓아라.

하지만 그런 순간이라도 구부정하게 있지 마라.
아무리 좋은 옷을 입고 예쁘게 화장을 했어도
구부정하게 앉아 있는 여자는 초라해 보인다.

더군다나 그런 자세는 체형도 변화시키고
건강도 나빠지게 한다는구나.

딸아, 의식적으로 허리와 어깨를 펴고 앉아라.
자신감 있는 자세가 긍정의 기운도 모아 준단다.
긍정적인 기운으로 씩씩하게 살아라.

세상은 초라해 보이는 사람을
동경하지 않는다.
단지 동정할 뿐이다.

딸아,
책 구경을
해라

스마트폰과 전자책이 나오면서
종이로 된 책을 사는 사람도, 책을 읽는 사람도 줄어들었다.
한 달에 책 한 권 읽을 여유가 없는 사람들도 많다고 하니
흔히 말하는 마음의 양식은 어디서 얻는 건지 궁금하구나.

딸아,
책 읽을 시간이 도저히 안 난다면 읽지 않아도 된다.
종이책이 아니더라도 다른 방법으로 책을 읽고 있다면
군이 종이책이 아니어도 좋다.
하지만 책을 구경하러 서점에는 가렴.

서점을 가면 제목만 봐도 내용이 짐작되는 책도 있고
제목 자체로 가슴을 흔들어서 눈물이 삐져나오게 하는 책도 있고
표지가 무척 예뻐서 그저 들고 다니고 싶은 책도 있단다.

베스트셀러 코너에 가면 요즘 사람들의 관심사를 엿볼 수 있고
비슷한 제목을 보면 지금 핫한 키워드가 무엇인지 알 수 있다.
미술관에 가지 않아도 명화를 접할 수 있고
위인전을 읽지 않아도 위인을 만날 수 있단다.

서점은 그런 곳이다.
마트나 백화점 못지않게 구경거리가 많은 곳.
책을 꼭 사러만 가는 곳이 아니란다.

책을 구경하는 것은
다른 이의 인생을
구경하는 것이기도 하단다.

딸아,
2% 부족하게
살아라

천연자원이 부족한 우리나라가 사람으로 발전하고,
더운 나라에서 냉방기술이 더 많이 발달하고,
아픈 사람이 직접 병을 연구해서 치유하기도 하고…….
그러고 보면 부족함은 필요를 발견하게 하고,
그 부족함이나 열등감을 메우는 과정에서
사람과 세상은 항상 발전해 왔단다.

그러니 조금은 부족하게 살아도 된다.
넘치게 살면 네가 정작 무엇이 필요한지 깨닫지 못하게 된단다.
충분히 가지지 못했다고, 넘치게 살지 못한다고
네 삶을 비하하거나 원망하지 마라.

지금 느끼는 부족함은 네 노력의 밑거름이 되고
언젠가 큰 재산이 되어 돌아올 거란다.

그리고 사실,
그리 많은 것이 부족하지 않은
너 자신을 발견해라.

딸아,
나아갈 땐
앞만 봐라

너도 언젠간 운전을 배우고 네 차를 몰게 될 거야.
운전할 때 가장 기본은 전진할 땐 앞을 봐야 한다는 것이다.
후진할 때 아니면 뒤를 볼 필요가 없고,
차선 바꿀 때 아니면 옆을 힐끔거리지 않아도 된다.

딸아, 살면서도 마찬가지다.
강물에 떠 있는 나뭇잎처럼 부유하며 살다가도
전진해야만 하는 어느 순간이 올 것이다.
입시, 유학, 취직, 이직, 승진, 결혼…….
네 앞에 더 큰 세상으로 나아갈 순간이 오면
앞만 보고 나아가렴.

이직하면 이전 직장에 미련을 두거나 흉볼 필요 없고,
결혼하면 옛사랑이나 남은 가족들은 돌아볼 필요 없다.
올챙이 적을 잊거나 꿈만 좇으라는 얘기가 아니란다.
힘껏 나아가야 할 순간엔 과거가 아닌 미래에 집중해야지
더 큰 보폭으로 갈 수가 있단다.

운전에도, 인생에도
속도를 내야 하는 순간엔
앞에 놓인 길에 집중해야
사고가 나지 않는단다.

딸아,
널 닮은 아이를
낳아라

"너도 너 닮은 딸을 낳아 봐라."
엄마가 한창 반항기 때 네 할머니에게 자주 듣던 말이야.

너를 낳아 기르다 보니, 넌 정말 나와 많이 닮았더구나.
좋아하는 내 모습도, 싫어하는 내 모습도 말이야.
엄마는 그래서 행복한 적이 더 많았단다.

사과는 사과나무에서 멀리 떨어지지 않는다는 말이 있어.
너를 낳은 후부터 엄마는 항상
'좋은' 사과나무가 되고 싶었단다.
네가 그런 엄마를 닮아 주기를 바랐단다.

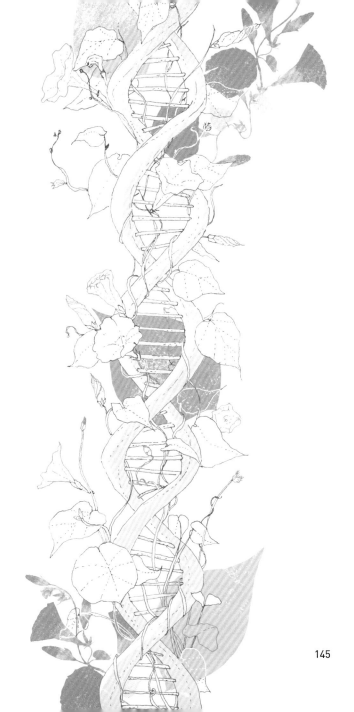

딸아, 널 닮은 아이를 낳으렴.
네 아이가 닮고 싶은 엄마가 되렴.

네 아이를 키우다 보면,
그동안 몰랐던 너의 좋은 모습을 더 많이 발견하게 되고,
네 자신을 더욱 사랑하게 될 거란다.
엄마 또한, 나를 더욱 사랑하게 만든 네가 항상 고마웠단다.

그리고, 아이를 낳지 않더라도
누군가에겐 닮고 싶은 사람이 되도록
노력하며 살아라.

딸아,
공짜를 바라지
마라

가게에선 '1+1, 대박 할인, 사은품 증정' 같은 문구가 보이고
지하철이나 버스를 갈아탈 때 할인되었다는 기계음이 들리고,
마치 큰 혜택을 받은 것 같은 기분이 자주 든단다.

하지만, 잊어서는 안 된다. 세상에 공짜는 없단다.
세상은 결코 너를 위해 손해를 감수하지 않는다.

사실 너는 대가를 모두 다 내고 있어.
돈을 얼마나 적게 냈든 결국 제값을 다 낸 거란다.
눈속임에 불과한 공짜나 할인을 받았다고
너무 좋아하거나 고마워할 것 없다.

길거리에서 나누어 주는 휴지 하나에도
그 대가가 담긴 스티커가 붙어 있다.
사 달라고, 와 달라고, 또 오라고.
심지어는 너의 개인정보를 달라고.

더 주었다는 쪽의 생색을 들을 이유도
더 받았다고 신세 졌다 느낄 이유도 없다.
너는 대가를 제대로 내고 있으니 당당히 가지렴.

딸,
결코 세상에 공짜를 바라지 마라.
네가 노력 없이 무엇인가 얻었다고 느꼈다면
누군가의 노력에 어떤 것을 빼앗긴 것이란다.

세상에 공짜를 바라다면
너는 세상에 비굴해질 수밖에
없단다.

딸아,
진로는 평생
갱신해라

입시 철이 되면 진로 선택이 학부모와 학생들의 화두가 된단다.
대부분 성적에 맞게 전공을 고르고,
그 전공에 맞춰 직업을 선택하지.
학창시절에 아무리 적성검사를 하고 진로를 탐색해도
결국 수능 점수가 그 모든 것을 초기화해 버리고 만단다.
그렇게 평생 직업을 설계하는 것이 과연 올바른 것일까?

딸아, 진로는 평생을 두고 수정해야 한단다.
평생직장이라는 말은 이제 옛말이다.
네 인생의 큰 지도를 그리는 일을 멈추지 말고
해마라 진로를 갱신해라.

네 꿈이 예년과 같다면 그것을 위해 또 한 해 노력하고
달라졌다면 바뀐 꿈을 위해 새로이 노력해야 한다.
현실에 부딪혀 네가 진정 원하는 일을 못 하고 살더라도
해마다 연봉을 재계약하듯이 진로와 평생 타협하고 살아라.

60세가 되어도, 70세가 되어도
그보다 더 나이가 들어도
네가 꼭 하고 싶은 일을 결국엔 하고 살길 바란다.

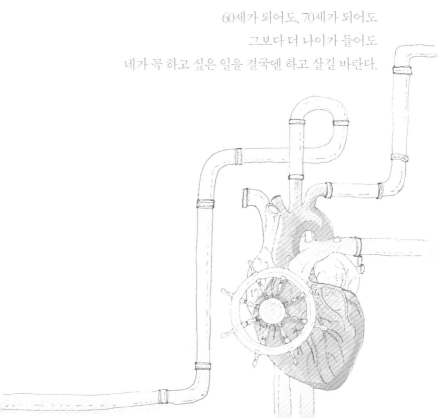

딸아,
좋은 것보다는
옳은 것을 해라

엄마는 한때, 옳은 것보다는 내가 좋은 것을 하며 살겠다고
고집을 피운 적이 있었단다.
양심에 거리낌이 전혀 없진 않았지만,
한 번뿐인 인생이니 조금은, 아니 한 번쯤은
이기적으로 살아 보겠다고 애써 옳은 것을 외면했었어.
누군가는 상처를 받겠지만 내가 좋으니
두 눈 딱 감아 버리자고 생각했던 거야.
역시나 망설이며 시작한 일은 결과가 좋지 않았단다.

딸아, 아무리 좋아도 옳지 않은 일은
애초에 그만두어라. 옳은 것을 해라.

내가 좋아서 하는 일이 항상 옳기란
생각만큼 쉽지가 않단다.
오죽하면 성인 공자도 70세가 되어서야
뜻대로 행해도 도에 어긋나지 않았다고 했을까.

그래도 딸아,
잠깐의 이기적인 마음으로 옳은 것을 저버리지 마라.
사람의 마음이란 참으로 간사해서
한번 좋은 것을 맛보면, 계속 그것만 하고 싶어진단다.
그러다 보면 어느새 옳고 그른 것을 잊어버리게 된다.

딸, 원하는 것을 모두 하며 살아도
도에 어긋남이 없도록
항상 네 마음을 다스리고 살렴.

옳은 것을 외면하고
좋은 것만을 좇은 사람들이
모여 사는 곳이 바로 감옥이란다.

옳은 것을 선택했을 때
비로소 마음의 감옥에서
벗어날 수 있게 된단다.

딸아,
삶에 있어
정석은 없다

100명의 사람이 있으면 100가지의 삶이 있다.
태어나고 자라고 죽는, 삶의 큰 줄기는 같겠지만
삶의 모습은 제각각이니 정석대로 살려고 하지 마라.

결혼해서 아들, 딸 골고루 낳아 사는 것을 보면
다들 그렇게 사는 것 같고 그게 정석인 것 같아도
그건 누가 정해 놓은 것이 아니란다.

너만의 행복을 좇아가라.
남들과 같은 모습으로 살아가지 못한다고
위축되지 마라.

중요한 건 어떤 모습으로 살든
네가 좋은 것이 결국 좋은 것이고
네가 편한 것이 결국 편한 것이다.
남들과 다르게 산다고 겁낼 필요는 없다.

대다수 사람들이 사는 모습과 다르다고 불편해하지 마라.
혼자 사는 것이 편하면 혼자 살면 되고,
평생을 여행하며 살고 싶으면 그리 살면 된다.
아이를 안 낳는 것도 누구 눈치 볼 필요 없고
바다 건너 살고 싶다면 그렇게 살면 된다.

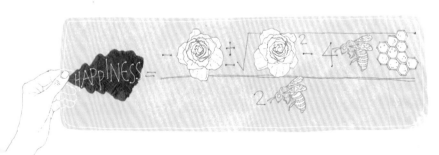

남들이 어떻게 생각할까 신경 쓰며 사는 것은
남을 위한 인생을 사는 것이다.
네가 정한 행복을 믿고 좇아가렴.

삶에 있어 정석은 없다.
그저 남에게 폐 안 끼치면서
행복하게 살면 된다.
그거면 엄마도 행복하단다.

딸아,
네 몸은 네가
챙겨라

살면서 몸에 병 없길 바랄 순 없다.
감기나 아토피 같은 작은 병부터
우울증, 생리통 같이 질리게 우리의 몸과 마음에서
말썽을 부리는 증상들이 언제고 찾아온다.
건강한 몸을 유지할 수 있다면 얼마나 좋을까만
그러기엔 세상이 많이 오염되었고, 스트레스가 넘쳐나는구나.

딸, 엄마는 네가 원한다면
널 대신해 모든 것을 해 줄 수가 있단다.
하지만 단 하나, 대신 아파 줄 수는 없구나.
천지가 뒤바뀌어도 그것만큼은 대신해 줄 수가 없더구나.

딸, 달팽이는 초록 잎을 먹으면 초록 똥을 싸고,
빨간 열매를 먹으면 빨간 똥을 싼다는구나.
사람도 마찬가지란다.
먹는 대로 몸에 나타나고, 먹는 대로 몸이 만들어진단다.

딸아, 네 몸은 네가 챙겨라.
좋은 것을 골라 먹고, 나쁜 것은 가려 먹으렴.
움직일 만큼 먹고, 먹은 만큼 움직이렴.

좋은 습관으로 네 몸을 챙기렴.
좋은 습관은
좋은 재능보다 낫단다.

딸아,
말로 기운 빼지
마라

힘들게 움직인 것도 아닌데
하루가 몹시 고되게 느껴지는 날.
친구를 만나 즐거운 시간을 보냈는데도
돌아오는 길엔 가슴에 구멍이 난 듯 허전했던 날.

그런 날을 한번 되돌아보렴.
아마도 그 날은 말을 너무 많이 한 날일지도 모른단다.

여자에게 있어서 수다처럼 재미난 놀이가 없고,
또 여자들이 그 방면엔 탁월한 재능이 있긴 하지만,
할 말만 적당히 하렴.

말하는 것은 정신노동이 따르는 일이기에
더욱 고되고, 특별한 에너지가 필요한 일이야.

그래서, 말을 많이 해야만 하는 직업이라면
건강관리에 특히 신경을 써야 한단다.
기운이 떨어지면 더 많이, 더 좋은 것을 챙겨 먹고,
그래도 회복되지 않으면 최대한 말하는 것을 줄이려무나.

몸으로 뺀 기운은 먹는 것으로 금방 채워지지만,
말로 뺀 기운은 어떤 좋은 것을 먹어도
쉽게 채울 수가 없단다.

딸아,
유행어로
대화하지 마라

너와 함께 보는 개그 프로에
말 그대로 '빵빵 터지는' 유행어가 매주 탄생된다.
입에 쉽게 감기는 그 말들을 제때 잘 사용한다면
유머러스한 사람이 되어 자리를 빛낼 수 있을 것이다.

하지만 딸아,
그 '때'와 '사용법'을 제대로 알아 두되
유행어로만 대화하려고 하지 마라.
사람의 기품은 주로 말에서 드러난단다.
의미 없는 말장난으로 실속 없는 사람을 자처하지 마라.

모두가 남발하는 유행어를 입에 달고 사는 것처럼
속이 비어 보이는 일이 없단다.
많은 사람 중 하나로만 기억될 뿐이란다.

유행어와 비속어를 입에 달고 사는 사람보다
진중한 사람이 가끔 내뱉는 엉뚱한 말이
더 강한 웃음을 준단다.
그런 매력으로 사랑받는 여성이 되어라.

딸아,
제철 과일을
먹어라

어떤 음식이든 제철 재료로 만들어야 몸에 좋지만
특히, 제철 과일을 챙겨 먹어라.
과일로 섭취해야 하는 영양소를 무시할 수 없는데도
간식이나 후식 같아 챙겨 먹기가 쉽지 않단다.

살림이 팍팍해지면 장바구니에 담기 어려운 것이 과일이야.
건강 때문이 아니더라도 제철 과일을 맘껏 먹고 산다는 것은
경제적으로도, 심리적으로도 넉넉하다는 뜻과 같단다.

딸아, 제철 과일을 먹고 살려고 노력해라.
과일을 제대로 챙겨 먹고 있는지 일상을 되돌아보아라.

네 일상이 얼마나 여유로운지
네가 얼마나 그 여유를 즐기고 있는지도
확인할 수 있을 거란다.

딸아,
진짜 어른이
되어라

조주록趙州綠에 이런 글이 있다.
"일곱 살 먹은 아이라도 나보다 나은 이는 그에게 물을 것이요,
백 살 먹은 노인이라도 나보다 못한 이는 그를 가르치리라."

앳된 얼굴에 분을 칠했으니
어른으로 대해 달라는 것과 마찬가지로
머리에 서리가 내렸으니
어른 대접해 달라는 것은 억지스럽단다.

딸아, 나잇값하고 사는 진짜 어른이 되어라.
유치하게 나이 따지지 말고 살아라.

배울 것도 없으면서 나이로 가르치려 드는 어른에게
진심으로 고개 숙이는 사람들은 없단다.
'너 몇 살이야?'라는 말은
가진 것 없는 사람이 궁여지책으로 내세우는
가장 비겁한 무기일 뿐이란다.

너보다 어린 이에게도
배울 것은 배우고
너보다 뛰어난 이에게
순수하게 도전하는 삶을 살아라.

딸아,
 인생 역전보다
인생 연전을 해라

인생 한 방이라며 역전을 노리고 사는 사람들이 많다.
언젠가 나아지겠지, 해 뜰 날 오겠지 하며 기다리는 것이야말로
인생을 건 도박이나 다름이 없다.
인생 역전을 노리지 마라.

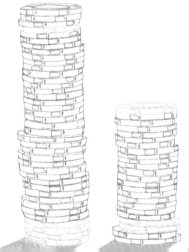

마음만 먹으면 금방 부자가 될 거라는 마음,
마음만 먹으면 1등을 할 것 같은 마음도
모두 한 방을 노리는 마음이다.

인생의 크고 작은 전쟁들을 모두 겪고 지나가라.
피할 수 있는 것은 피했으면, 하는 것이
어쩔 수 없는 엄마 마음이지만
어떠한 도전도 없이 하루아침에 얻을 수 있는 건 없단다.
다 겪고 지나가겠다는 마음으로 살아야 한다.

사람의 마음도 마찬가지란다.
긍정적인 마음은 수차례 부정적인 마음에 맞서며
더욱 크고 단단해질 거란다.

딸아, 이기면 이기는 대로, 지면 지는 대로
인생의 모든 순간을 기꺼이 맞이하고 겪으며
인생 연전連戰 하며 살아라.
한 방으로 노리는 인생 역전보다
훨씬 성공 확률이 높은 도박이 될 거란다.

엄마는 언제나
너의 연승을
기원할 것이다.

딸아,
  믿어도 되는 걸
믿어라

지키고 싶은 것들이 많아질수록 불안은 점점 더 커진다.
그 때문에 미래를 알려 준다는 것처럼 달콤한 유혹은 없을 거야.
딸아, 그럴수록 믿어도 되는 것만 믿어라.

사주 역학 같은 학문에는 안 좋은 일이 생기기 전에
미리 대비하고 예방하려는 마음이 더 크게 담겨 있단다.

그러니 행여 그러한 것을 접하게 되더라도
모든 것을 기정사실인 양 받아들이지 마라.
네가 태어난 날짜나 시간, 이름 따위가
네 인생을 좌지우지하게 만들지 마라.

열심히 저축했다면 금전 운이 좋아질 것이고
열심히 공부했다면 합격 운이 있을 것이며,
건강에 신경 쓰지 않았다면 어딘가 아플지도 모를 일이고
비밀을 지키지 못했다면 구설수에 오를 일이 생길 것이다.

누군가가 말해 주는 너의 미래보다
지금껏 네가 만들어 온 습관이나 행동이
만들어 주는 미래를 믿으렴.
그것이 맞을 확률이 훨씬 높단다.

딸아,
순리대로
살아라

살다 보니 억지를 부려서 탈이 안 나는 일이 없었다.
모든 일은 순리대로 흘러가게 되어 있단다.

사람을 만나고 헤어지는 일도
돈을 얻고 잃는 일도
이미 그렇게 되어 버렸다면
억지 부리지 말고 고집 피우지 말렴.

억지로 얻은 사람은 영원히 네 사람이 될 수 없고
부당하게 얻은 돈은 영원히 불어나지 않는단다.

무엇이든 네가 정한 만큼만 노력해 보고
나머지는 순리에 맡기렴.
집착과 미련은 억지를 낳는단다.
세상은 억지를 부린다고 해결되는 곳이 결코 아니란다.

딸,
힘든 마음이 생기면 그러려니 하고 되뇌어라.
모든 일이 잘되려고 그렇게 된 것이려니, 여기다 보면
정말 그렇게 되어 있단다.

지금 내가 연연하고 있는 모든 일은
시간이 흐르면 결국 다
별거 아닌 일들이 되어 있을 거란다.

딸아,
인사는
대화의 반이다

잠이 들고 깨고, 사람을 만나고 헤어지고,
학교나 회사에 오고 가고…….
그 많은 순간들은 인사로 시작해서 인사로 맺는단다.
그렇게 매일매일 흔하게 반복하다 보니
정성 들여 하지 않는 것이 바로 인사야.

그런데 딸아, 인사는 너의 첫인상을 좌우하는 거란다.
면접 볼 때도 이력서만큼이나 중요한 것이 첫인상이야.
사람들이 너란 사람을 겪기 전, 첫 만남에서
미리 보기 하듯이 너의 장점을 알려 주고
첫인상을 좋게 남길 수 있는 인사말이 필요하단다.

엄마의 인사말은 '후회는 해도, 후퇴는 하지 않는 여자'였어.
엄마를 아는 사람들은 고개를 끄덕였고,
모르는 사람들은 엄마와의 만남을 기대했다.
아직까지도 엄마를 아주 잘 나타내 주는 말이라고 여긴단다.

딸, 모든 만남의 처음을 장식하는 너만의 인사법을 만들렴.
말 한마디 할 기회조차 없을 때도 온전하게 발언권이 주어지는
그 유일한 순간을 결코 하찮게 생각하지 마라.

만나는 이가 누구든 정성스럽게 인사하고 다니렴.
아는 사람을 만나면 먼저 인사하고,
아랫사람의 인사를 반갑게 받아 주고,
어른들에겐 더 크게 인사해라.
너의 인사로 누군가의 힘든 하루를 즐겁게 마치게 해라.

그리고 고맙거나 미안한 순간을
놓치지 말고 표현하렴.
인사는 결국 대화의 반이 된다.

딸아,
재미있는 사람이
되어라

살다 보면 한 번도 웃지 않고 지나가는 하루가 생긴단다.
배 아프게 웃은 것은 둘째 치고,
온종일 미소조차 짓지 않았다는 걸
잠들기 직전에야 깨닫게 되는 날도 있어.

어쩌다 웃음이 터지면 그런 네 모습이 생소하다 느껴지고
정말 오랜만에 웃었구나, 생각한 적은 없는지 되짚어 보렴.

웃을 만큼 재미난 일이 항상 일어나지는 않는단다.
중요한 것은 어쩌면 주변에서 일어나는 일들을
재미있는 관점을 가지고 보는 것일지 모르겠다.

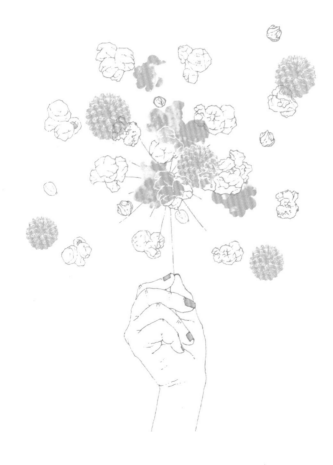

딸아, 너 스스로 재미있는 사람이 되렴.
스스로 재미있게 살지 못하면
다른 사람을 재미있게 하지도 못한단다.
살면서 재미를 잃지 말고,
많이 웃고 살려고 노력해라.

재미있는 날들이 모여
즐거운 삶이 되는 거란다.

딸아,
네 몸 상태에
책임을 져라

엄마가 널 가졌을 때 가장 먼저 떠올린 건
지금까지 건강관리를 잘해 왔나, 하는 것이었어.
엄마의 잘못된 습관이 널 아프게 할까 걱정되었고
또 후회되는 것도 많았단다.

딸아, 네 몸 어딘가가 불편해질 때 그럴 만한 이유가 떠오른다면
네가 평소에 건강이 나빠질 만한 이유를 만들고,
건강관리를 소홀히 하며 살았다는 것이다.

10대의 좋은 습관은 건강한 20대를 만들고,
20대를 건강히 보내면 30대에도 건강할 거란다.

30대에 몸 관리를 잘하면 40대가 되어도 활발히 일할 수 있고,
40대에 좋은 습관을 유지하면 50대에 몸 아픈 곳이 적을 거란다.
60대, 70대에도 마찬가지일 거야.

딸아, 네 몸 상태에 책임을 지면서 살아라.
후회할 만한 나쁜 습관들을 바로잡아라.
음주나 흡연, 잘못된 식습관은 몸에 독을 쌓고
항상, 후회하기에는 늦은 결과를 만든단다.
현재는 미래의 건강한 삶을 위해
준비하는 시간이라고 여기며 살아라.

좋을 때 지켜야지,
나빠지면 지키기 힘든 것이
건강이란다.

딸아,
사람과
놀아라

엄마는 자주 이런 고민에 빠지곤 한단다.

안전을 위해서라도 핸드폰이 필요한 걸까?

친구들에게 소외되지 않게 스마트폰을 마련해야 하나?

컴퓨터 교육을 해 줘야 할까?

인터넷 검색은 어디까지 허용해야 하나?

엄마 스마트폰엔 게임도 없고

넌 꽤 늦게까지 클릭이란 것을 모르는 아이였단다.

지금 시대에 이대로 괜찮을까 불안감이 찾아들 때도 있었지만,

언젠가는 기계와 친해질 것이니

그때까진 사람과 조금 더 놀게 하자고 생각했단다.

사람과 놀다 보면 피곤할 때도 있고 불편할 때도 있겠지.
기계는 늘 즐겁고 편리하다고 느껴질 테고.

하지만 기계는
너란 사람과 친해지려고,
너란 사람을 알아가려고,
너란 사람을 위해서
그 어떤 노력도 하지 않는단다.

시대에 뒤처져 살라는 것이 아니란다.
인간이 할 생각마저 대신해 주는 편리함 속에서
사람과 어울리는 법을 잊어버리고
기계처럼 살게 되는 것을 경계하라는 거야.

딸아, 네가 정말 스마트한 세상에서 살게 되더라도
기계보다는 사람과 더 많이, 더 재밌게 놀려무나.

점점 세상은
사람답게 사는 것에
높은 가치를 두고 있단다.

딸아,
  흔하게 울지
마라

남자의 눈물은 감동이 되기도 하고 허물이 되기도 한다.
그것이 화제가 되는 건 흔하지 않기 때문일 거야.

딸, 네가 여자라고 흔하게 울지 마라.
여자가 남자보다 눈물이 많은 건,
감수성이 풍부하고 공감 능력이 탁월해서이다.
그러한 여자들만의 강점을 '제대로' 사용하렴.
'함부로' 사용해서 가치를 떨어뜨리지 마라.

남자의 눈물처럼, 여자의 눈물도 마음을 움직이는 힘이 있어.
하지만 걸핏하면 나오는 눈물이 무기가 될 수는 없단다.
눈물로 모든 것을 해결하려 들지 마라.

참으면 병이 되는 눈물은 쌓아 두지 말고 마음껏 흘려 버리렴.
그런 눈물이 때론 모든 것을 해결한단다.

하지만, 엄마는 그 어떤 이유로든
네가 많이 울지 않으며
살아가길 바란단다.

딸아,
마음에도
예방접종을 해라

사람들의 작은 머릿속엔 광대한 우주가 있단다.
뛰어난 과학자들도 아직까지 다 밝혀내지 못한 그 큰 우주는,
좁은 현실을 만나면서 우울증이나 편집증, 공황장애 같은
마음의 병을 만들어 내고,
결국은 순식간에 사람을 무너뜨린단다.

하지만 딸아,
인류가 갖가지 약으로 신체의 병을 대비하고 치료하듯이
마음의 아픔도 미리 대비하고 치료할 수 있어.
마음에도 예방접종이 필요하단다.
네 얘기를 잘 들어 줄 만한 사람을 찾아가렴.

네 마음이 전혀 아프지 않을 때도
지금 네 마음은 어떤지, 어떤 부분에서 아파하는 사람인지,
어떻게 살면 덜 아프게 살 수 있을지
마음 편히 얘기할 수 있는 곳을 만들어 두어라.
심리 상담사나 정신과 의사도 좋고, 지인이어도 상관없단다.

네 마음이 아프다면 편견을 갖지 말고 적극적으로 치료하렴.
너의 편견이 치료가 가능한 질환을 불치병으로 만들 수 있단다.

마음의 건강검진을 하고 살아라.
몸의 건강검진만큼이나 필요한 일이란다.

약을 먹고 일상생활이 가능한
병에 대해서는 겁먹지 마라.

딸아,
 안에서 새면
밖에서는 깨진다

요즘은 해외여행이나 어학연수, 해외 유학을 많이들 가서
국제선 비행기 타 본 경험은 자랑 축에도 못 끼는 시대가 되었어.
더 넓은 세상에서 우리와 다른 문화를 경험하는 것은
꼭 해 볼 만한 일이란다.

인생의 쉼표를 위한 여행은 맨손과 맨 마음으로 떠나도
담아 오는 것이 많을 거야.
낯선 사람들, 새로운 장소, 달리 쓰여지는 시간, 생소한 풍경들이
네 인생을 좀 더 풍요롭게 만들어 줄 것이다.

하지만 네가 공부를 하려 한다면 무작정 떠나지는 마라.

안에서 담을 수 있는 것이 없다는 생각으로는 안 된단다.
밖에서 더 많이 담아 오겠다는 생각으로 나가렴.

'영어라도 배워오겠지.' 정도의 마음으론
국내에서도 훌륭하게 배울 수 있는 영어조차 배워 오지 못해.
뚜렷한 목표와 계획이 없다면
차라리 마음 편히 해외여행을 다니렴.

해외에서 공부하려거든
목적을 분명히 하고, 준비를 철저히 하렴.
부모도, 그 누구의 관리도 없는 절대적인 자유에 놓이기 전에
수많은 유혹으로부터 자신을 지킬 준비가 되어 있나, 자문해 보렴.
나가면 무어라도 건져오겠지, 라는 생각으로는 나가지 말렴.

안에서 새는 바가지는 밖에서도 샌다는 옛말이 있어.
요즘 같은 시대에 안에서 새는 바가지는
밖으로 돌리면 깨지기에 십상이란다.

어디를 다니든, 움직이면 다 돈이 든다.
의미 없이 쓰여져도 되는 돈은 없단다.
시간도 마찬가지다.

딸아,
경험을
믿지 마라

혼자서 결정하기 곤란한 일이 생기면
흔히 주변에서 조언을 구하거나 비슷한 경우를 찾게 된다.
어떤 이들은 자신의 경험을 통해 친절하게 조언해 줄 것이고,
너는 또 너대로 과거 경험에 비추어 문제를 해결하려 하겠지.

하지만 그 경험들을 다 믿지는 마라.
사람의 경험은 지극히 주관적인 결과물이란다.
다른 사람의 경험과 네가 지금 겪고 있는 일이
완벽하게 맞아떨어질 수가 없어.
네가 이미 경험해 본 것들도
결국 보편적인 지식이 될 수는 없단다.

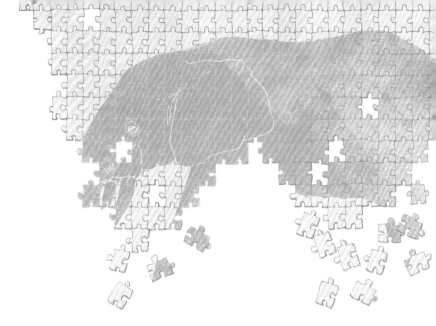

너 또한,
섣불리 주변에 너의 경험을 강요하는 것과
그들의 상황과 네가 경험했던 상황을
동일시하게 되는 것에 주의하렴.

타인의 인생을 구경하기가 참 쉬워진 세상이다.
대가를 받고 경험을 팔기도 하는 세상이다.
하지만 명심하렴.
그렇게 얻은 정보는 지식이 아니라
가공된 경험일 뿐이란다.

딸,
경험한 것을 진리로 삼으면
무지한 삶을 살게 된다는 말이 있어.
경험을 온전한 지식으로 받아들이고 있는 건 아닌지
한 번 더 생각하렴.

경험은 지혜는 될지언정
결코 지식이 될 수는
없는 것이란다.

딸아,
외로울 땐 시를
읽어라

〈캐스트 어웨이〉라는 영화를 보면 무인도에 홀로 남은 주인공이
배구공을 '윌슨'이라고 부르며 대화한단다.
외로워지면 그렇게 사람으로 삼을 무언가를 찾게 되거나
시아에 비치는 것들이 사람으로 보인다고 하는구나.

너의 외로움을 잘 모르겠거든
지금 네 행동이나 습관을 잘 살펴보렴.

하늘에 떠 있는 구름에게도 말 걸고 싶다면,
해결할 수 없는 지독한 외로움을
느끼고 있는 거란다.

딸아, 그럴 때는 네 마음 같다고 느껴지는 시를 읽으렴.
한순간 심장을 찡하게 만드는 짧은 구절은
시가 가진 가장 강력한 힘이란다.

평소엔 아무런 감흥을 주지 않다가도
어느 날 그 시가 네 마음과 닮아 있다면
마치 오랜 친구와 대화한 것 같은 느낌일 거야.

복잡한 네 마음을 대신 표현해 주는
시 한 편 정도는 곁에 두고 살아라.
혼자가 아니라고, 느낄 수 있을 거란다.

네 책꽂이의 시집으로
엄마는 네 마음을
들여다보고 싶구나.

딸아,
실패할 기회를
잡아라

되짚어 보니, 어느 것 하나 선택 없이 이루어지는 것이 없었다.
특히 무언가를 새로 시작해야만 하는 선택은
언제나 남에게 미루고 싶을 만큼 자신이 없었지.
힘든 선택 없이, 주어진 삶을 살기만 하면 되는 인생이
참 많이 부러웠던 적도 있어.

하지만 언제부턴가 선택할 기회가 곳곳에 있는 내 삶이어서
다행이라고 생각하게 되었단다.
누군가의 결정을 따르는 것이 아니라
나 스스로 무엇이든 결정할 수 있다는 것이
벅차게 기뻐졌단다.

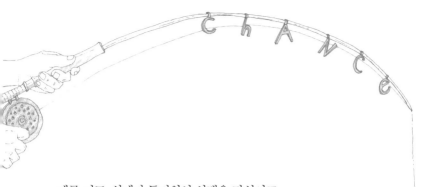

때론 너도, 실패가 두려워서 선택을 망설이고
아무것도 시작하지 않는 것이 차라리 낫다며
멈춰 서고 싶을 때도 있을 거야.

하지만 딸,
아무것도 시작하지 않으면 아무것도 끝낼 수가 없단다.
그만 망설이고 일단 시작부터 하렴.

누구나 성공하고 싶어 한단다.
하지만 성공할 기회만을 잡으려 한다면
실패가 두려워 아무것도 시작할 수가 없어.
성공의 기회를 잡으려 하지 말고
실패할 기회를 잡는다고 생각하렴.

선택의 기회가 많은 인생을 만들어 가고
그 인생에 감사하며 살아라.
해 보지도 않고 끝을 결정짓지 말렴.
결과는 그 누구도 알 수가 없단다.

누군가는 시작의 기회조차 없이
살고 있다는 것을
잊지 말아야 한다.

딸아,
시간도
재산이다

세상에 멈출 수 없는 유일한 것은 바로 세월, 시간이란다.
사람을 가리지 않고 누구에게나 하루 24시간 똑같이 주어지니
시간보다 더 공평한 것도 없는 것 같구나.

그런데도 시간이 없다는 말을 입버릇처럼 하는 사람들이 있어.
사정을 들여다보면 자신을 합리화하거나 핑계를 대는 때가 많다.
너는 시간 관리를 잘하고 있는지 곰곰이 생각해 보렴.

딸아, 항상 계획표를 짜 놓고 생활해라.
중요한 일들과 먼저 해야 할 일들을 표시해 놓고,
지켜야 할 약속과 포기해야 할 약속을 정리하렴.

그렇게 하면 분명 없던 시간도 만들어진단다.

치열하고 촘촘하게만 살라는 뜻은 아니다.
멍하니 보내는 시간조차도 너의 계획 안에서 이루어져야
헛되이 보냈다며 후회하는 죄책감을 면할 수가 있단다.
시간이 너를 휘두르게 두지 말고 네가 시간을 조종하고 살렴.

우리의 인생은 결국 시간으로 채워져 있어.
시간을 어떻게 보내느냐가 어떤 인생일지를 결정한단다.

딸아, 시간은 재산이다.
10년 할 일을 한 달 안에 모두 했다고
남은 시간 누구에게 꾸어 줄 수도 없고,
넋 놓고 무의미하게 10년을 보냈다고
없는 시간 누구에게 빌려 올 수도 없는
신기하고도 아주 큰 재산이란다.

건강과 마찬가지로
시간을 잃으면
다 잃게 된단다.

딸아,
뻔한 걸
해라

아껴 써라, 나눠 줘라, 잘 씻어라, 잘 먹어라,
인사해라, 운동해라, 착하게 살아라,
행복하게 살아라…….

엄마가 늘 너에게 하는 말을 곰곰이 생각해 보니
너무나 뻔한 말들뿐이구나.
그래서 정작, 하는 엄마도 질릴 때가 있었단다.

흔하게 널린 말이어서 중요하게 여겨지지도 않고,
그보다 더 중요한 일들이 있을 것만 같고,
더 깊게 고민해야 할 일들이 많을 것 같기도 해.

그런데 딸,
뻔한 것만큼 중요한 것이
세상에 또 뭐가 있을까?

대수롭지 않게 여겼지만,
가장 잦은 후회는 뻔하고 당연한 일들을 하지 않아서였단다.
당연한 것들을 꾸준히 하며 사는 일이 가장 어려웠단다.

사람들이 너무나 뻔하다고 생각하는 일을
가벼이 여기지 말고 살아라.
뻔한 일들은 기본이 되는 일들이란다.
뻔한 일들을 하며 산다는 것은 결국
기본을 잘 지키고 사는 것이다.

뻔한 일을 꾸준히 하며 산다면
네가 무엇을 하든
반 이상은 이미 해 놓은 것과
같을 거란다.

딸아,
네가 직접
효도해라

한국 사람은 무엇이든 직접 표현하는 데 서툴다.
싫은 소리는 돌려서 말하고 좋은 소리도 빗대어 말한다.
실망도 뒤돌아 하고 감사도 대신 전하곤 하니
참 어지간히도 수줍은 민족이다.

에둘러 전하는 것에 익숙하다 보니 효도도 그렇게 하려 한다.
남편 잘난 것으로, 자식 잘난 것으로 효도하려 한다.

딸아, 네가 만약 효도하고 싶거든 직접 해라.
남편이 전화 좀 드렸나, 자식이 애교 좀 떨었나
바라지 말고 하고 싶은 것이 있으면 네가 직접 하렴.

딸,
부모는 네가 남편 잘 만났다고, 자식 잘 키웠다고
널 사랑하는 것이 아니란다.
그들이 너 대신 효도해 주길 바라지 마라.

자기 부모에게 직접 효도하지 못하는 사람이
남의 부모에게 효도 잘할 리 없고,
네가 남들의 효도를 대신하지 못하면서
네 효도를 다른 사람에게 넘기는 건
부모의 마음을 몰라주는 것이다.

자기 부모에게 스스로 효도하려는 가정은
누군가 자신의 효도를 대신하길 바라는 가정보다
훨씬 불화가 적단다.

부모에게 인정받으려고
무리하게 다른 사람을 이용하지 마라.
하늘이 내린 효녀를 바라는 부모는
세상에 없단다.

딸아,
　　좋은 게 좋은 건
없다

엄마는 어려서부터
좋은 게 좋은 거다, 라는 말을 믿으며 살아왔단다.
그 말은 다른 어떤 것보다도 사람 관계에서 맞는 듯했어.
특별히 내게 해가 되지 않는 한, 그런 마음으로 대하면
모두에게 좋은 사람이 될 수 있었단다.

하지만 딸아,
그것은 스스로를 가장 힘들게 하는 방법이다.
좋은 게 좋은 것은 없단다.
회색으로 살지 마라.
조금 힘들더라도 네가 가진 색으로 살아가렴.

사람들은 흔히 색이 확실한 사람은
적이 많을 것이라고 생각한단다.
하얀 사람들은 까만 사람들이 이해가 안 되고,
까만 사람들은 하얀 사람들이 이해가 안 되듯이 말이야.

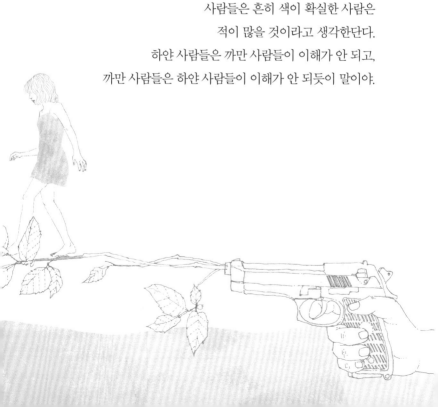

하지만 그들 모두가 이해할 수 없고
가장 많은 적을 만들고 사는 건
결국 회색의 빛깔로 사는 사람들이란다.

좋은 게 좋은 것으로 살다가
사람 사이에서 힘들어하지 말고
분명한 생각, 좋은 색으로 중심을 잡고 살아라.

모두를 감싸려고 하지 마라.
모두의 비난을
받을 수도 있단다.

딸아,
인생의 오답 노트를
써라

지금 엄마의 인생을 되돌아보면
매 순간이 시행착오의 연속이었단다.

공부하는 방법도,
사랑하는 방법도,
아이를 키우는 것도,
효도하는 것도,
심지어는 노는 것도,
먹는 것에도,
입는 것조차도
그 어떤 것에도 정답은 없더구나.

하지만 정답을 찾는 과정들,
무수한 시행착오의 역사는
너무나 필요한 과정이었다고 확신한단다.
그 어떤 것에도 정답은 없지만,
그것을 찾는 노력은 계속해야 한다.

딸아, 네 인생의 오답 노트를 써라.
사람들은 틀린 것을 싫어하고
아닌 것은 버리려고, 잊으려고 애쓴단다.
하지만 오답에 이르는 과정도 소중히 해야 해.

정답을 발견하게 된 너의 노력,
오답으로 갈 수밖에 없었던 너의 상황······.

결국 그 모든 것들이 합쳐져 네 인생이 만들어지니
소중하지 않은 것이 대체 어디 있을까.

수십 권, 수백 권, 수천 권……,
인생의 오답 노트를 부끄러워 말고 써 내려가렴.

산다는 것에 정확히 맞는 답은 없지만
가장 옳은 답에 가까운 것을
너의 오답 노트에서 찾을 수 있을 것이란다.

그리고, 정답보다 오답이
더 옳았던 순간도
발견할 수 있을 것이다.

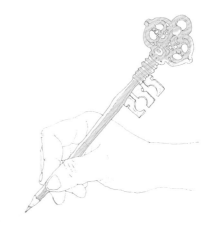

딸아,
여자의 적은
나쁜 여자다

여자의 적은 여자라는 말이 있단다.
맞는다고 고개를 끄덕인 적이 몇 번쯤은 있었지만
결국 가장 싫어하게 된 말인 것 같다.

남자들도 그들만의 영역을 위해 서로 힘을 합치고 있는데,
왜 여자들은 같은 여자들을 적으로 돌리고
서로를 이해하지 못한다고 하는지, 안타까울 때가 많았어.

딸, 바로 알아야 해.
여자의 적은 여자가 아니라, 여자를 적으로 만드는 나쁜 여자
혹은 나쁜 남자, 아니 그냥 나쁜 사람들이란다.

같은 여자로서 이해받지 못했다고
무턱대고 적으로 돌리지 마라.
네가 살아갈 세상엔, 같은 여성에게 도움받는 일들이
점점 더 많아질 거란다.

딸,
여자가 생리 기간의 예민함을 이해받으려는 것은,
남자들이 '남자는 짐승'이라는 말로
그들의 강한 동물적 본능을 이해받으려 하며,
이성적 통제력이 없는 사람 취급을 자처하는 것과 비슷하다.

'여자의 적은 여자.'라든가, '생리 중이니 이해해.' 같은 말은
너 스스로 여성을 비하하는 말이고
쓰면 쓸수록 부끄러운 말임을 잊지 마라.

너와 다른 생각을 가진 사람과 갈등이 있고,
네 몸 컨디션을 조절하지 못한 것을 두고
여자이기 때문이라는 말로 무마하려는 것은 아닌지
잘 생각해 보렴.

같은 여성들을 존중하렴.
그것은 곧 너 자신이
존중받는 길이란다.

딸아,
발등의 불부터
꺼라

갑자기 많은 일이 쏟아지고 해결해야 할 일들이 늘어났을 때
긴 시간을 두고 여러 가지 목표를 함께 달성해야 할 때,
도망가지도 허둥대지도 말고 이런 속담을 기억하렴.

'가장 가까이 닫힌 문부터 열어라.'
'눈앞에 놓인 돌 먼저 치워라.'
'발등의 불부터 먼저 꺼라.'

해야 할 일들이 친절하게 줄을 서서 널 찾아오진 않는단다.
하지만 잘 보면, 먼저 할 것과 나중에 할 것,
중요한 것과 그렇지 않은 것을 따져서 가려 놓을 수가 있다.

마음은 급한데 막상 시작할 엄두조차 못 낸 채
스트레스만 심하게 받고 있다면, 가장 급한 것부터 하면 된다.
해결책은 때론 너무나 간단할 때가 많단다.

발등의 불부터 끄렴.
여러 개의 문이 있다면 가장 가까운 문의 열쇠부터 찾고,
많은 돌들이 있다면 가장 무거운 돌을 치울 도구부터 찾아라.

거짓말처럼
모든 것들이
수월해질 거란다.

딸아,
대안이 없다면
조언도 하지 마라

너는 살면서 정 많고 친절한 사람들을 사귀고,
어려운 일이 있을 때 서로 돕기도 하고 조언도 주고받게 될 거야.
곤란한 부분을 짚어 주며, 그건 안 될 것 같다고 조언하기도 해.
그래서 때로는 순수하게 돕고자 하는 그 마음이
주제넘은 참견이나 오지랖으로 취급되기도 한단다.

딸아, 네가 누군가에게 조언을 하려거든
대안을 제시하지 못하는 일방적인 조언은
아예 하려고 들지 마라.
반대를 위한 반대가 되기 쉽고, 지적을 위한 지적이 되기 쉽단다.

안 될 것 같아 보이면 하지 말라는 말보다
되게 하는 방법을 알려 주어라.

너 또한, 다른 이들이 건네는 조언을 수긍할 수 없다면
마음에 깊이 담아 고민하지 말고 털어 버리렴.
더 좋은 길을 알려 주는 조언에만 귀 기울여라.

세상은 너의 많은 부분을 고치려 들지도 모르겠다.

너 역시, 뜯어고쳤으면 하는 세상의 모습들을 자주 보게 될 거야.

그것들을 마냥 지적만 하고 살지 마라.

변화는 일어나지 않고,

모든 것은 그냥 그대로 멈춰 있을 것이다.

대안에 대해 고민하고 그것에 집중하도록 해라.

바뀌지 않을 것이라고
생각했던 것들이
그제야 변하기 시작할 것이다.

딸아,
평생 배우며
살아라

학교를 졸업하면 더 이상 배울 것은 없는 줄 알았다.
그런 엄마가, 만삭의 몸으로 바리스타 교육을 받았단다.

카페인이 네게 해가 될까, 걱정도 무척 되었지만
교육을 마치고 집으로 돌아오는 길엔
그 누구보다 훌륭한 태교를 하고 있다고 생각했어.
가슴을 가득 채우는 즐거움에 콧노래가 절로 나올 때
그것을 확신할 수 있었단다.

사실, 써먹으려고 배우면 그 과정이 참 재미가 없어.
배움 그 자체에서 즐거움을 느껴야 한단다.

딸아,
네 관심이 향하는 것을 하나, 둘씩 배우다 보면,
그것들은 네 삶의 징검다리가 되어 있을 게다.

저 너머에 무엇이 있는지 당장 알 수는 없더라도
그 돌들을 밟고 건너가다 보면 언젠가는
네가 배운 것들이 만들어 놓은 무엇인가가
서서히 윤곽을 드러낼 거란다.

평생 배우며,
배움 그 자체를 즐기며 살아라.

배운 지식은
남을 줄 수 있을지 몰라도
배우며 느낀 즐거움은
온전히 너만의 것이 된단다.

딸아,
커피 한 잔의 여유를
알고 마셔라

네가 처음으로 엄마와 떨어져 미술 수업을 들어가던 날.
학부모 대기실에서 마셨던 믹스 커피 한 잔을 잊을 수가 없단다.
커피를 전혀 즐기지 않고 살아왔던 엄마가,
온전히 혼자가 된 그 사십 분이 어찌나 달던지…….
이후로 엄마는 '커피 한 잔의 여유를 아는 여자'라 자부한단다.

요즘은 골목마다 카페 천지야.
심지어 한 건물에 두세 개씩 있는 곳도 종종 볼 수 있어.
깔끔한 분위기에서 커피를 마실 수 있어 편하고 좋긴 한데,
'그 커피 한 잔이 사람들에게 어떤 의미일까?' 때로는 궁금하단다.

밥을 먹고 밥값에 버금가는 커피를 마시러 카페를 찾는 것이
으레 가야 하는 코스처럼, 혹시 너에게 느껴진 적은 없는지
생각해 보렴.

카페에서 사람을 만나고, 책을 읽고, 많은 일을 할 수 있지만,
그렇게 보내는 시간이 의미 없고 소모적이라 느껴질 땐
그만두어야 한다.

딸아, 차 한 잔이 네게 주는 시간을
잉여의 시간으로 보내지 마라.
단지 차 한 잔 마시지 말고,
차 한 잔이 네게 주는 여유를 마시렴.

단순히 목을 축이고 수다를 떨기 위해서
꼭 좋은 소파와 음악이 필요한 건
아니란다.

딸아,
당당히 네 몸을
지켜라

해외 유학 시절,
외국인 친구의 배낭에서 거침없이 나오던
피임 용품에 당황한 적이 있었단다.

하지만 더 놀란 건 그것을 가방에 챙겨 준 사람이 바로
자신의 엄마라고 편하게 얘기하던 모습이었다.
함부로 쓰이기 위한 것이 아님을 잘 알고 있는 친구의 모습에서,
말보다 더 강한 엄마의 경고를 느낄 수가 있었다.

그땐 그 모습이 너무나 멋져 보여서
나도 꼭 나중에 그런 엄마가 되어야지, 생각했단다.

지금 이렇게 두 딸만 둔 엄마가 되고 나니
사실, 그 엄마처럼 행동할 자신이 없구나.

딸아, 당당히 네 몸을 지켜라.
그 사람이 네 사랑은 얼마 동안 지켜 줄 수 있을지 몰라도
네 몸과 미래를 지켜 주는 것은 오직 너 자신이란다.

1년 후도 장담할 수 없는 사랑이나 쾌락에
소중한 네 몸과 미래를 맞바꾸진 마라.

혼전순결을 떠드는 엄마와
대화가 통하는 시대가 아님을
잘 알고 있다.
꼭 피임 용품을 챙겨라.

딸아,
결국엔 누군가의
옆에 서라

어떤 책에서 이러더구나.
혼자라고 생각될 때 주변을 돌아보고,
혼자가 아님을 깨달으라고.
엄마는 사실, 이 말을 지지하지는 않는단다.
혼자임을 깨달았어도,
오히려 홀로 꿋꿋이 서기를 바라는 쪽이지.
외로움 그 자체를 인정해야 한다고 말이야.

누군가는 또 그러더구나.
돈만 있으면, 그것이 배우자 역할도 해 주고,
자식 역할도 해 주고, 노후도 책임져 준다고 말이야.

분명 그럴 수 있을 것이다.
홀로 살아도 분명 외롭지 않은 인생을 살 수 있을 것이다.

딸, 그렇게 홀로 꿋꿋이 살다가도
결국엔 누군가의 옆에 서라.

단지 옆에 있어만 주었으면, 하는 이를 만나서
상대의 외로움을 인정해 주며 살렴.
네가 옆에 있으니 상대는 외롭지 않을 거라 자만하지 말고
그가 옆에 있다고 너의 외로움을 무시하지 말고 살렴.

영원히 변치 않을 '사랑'을 찾지 말고
너의 끝까지 함께 있어 줄 '사람'을 찾길 바란다.

그 사람의 끝에도
네가 함께
있어 주어라.

딸아,
　　괜찮지 않다고
말해라

'잘 살고 있어.' '다들 잘 해 줘.'
'어려운 거 없어.' '별일 없어.'
'잘 될 거야.' '돈 있어.'
'정말 괜찮아.'
……

넌 괜찮다는 말로 엄마를 속일 수 있다고 생각하지만,
엄마가 가진 놀라운 능력 중 하나는
눈 감고 귀 막고 있어도, 자식의 고통이 보이고 들린다는 거란다.
어설픈 웃음으로 어미의 가슴을 더 아프게 하지 말렴.
엄마한테는 괜찮지 않다고 말해도 된다.

딸,
세월이 갈수록 나이를 먹을수록
괜찮지 않은 일은 늘어만 가는데,
괜찮다고 말해야 하는 곳도 늘어만 간다.

때로는 가족들을 위하는 마음으로
힘든 것을 애써 감춰야 하니,
가장 가까운 것을 가장 멀리 두는 것이
바로 이런 경우구나.

딸아, 네가 얼마나 단단해졌든
네가 얼마나 여물어졌든
네가 얼마나 노련해졌든지 간에,
네게도 어느 한 군데 무너질 곳은 있어야 해.

아무리 강한 너라도
괜찮지 않다고 말할 곳은
있어야 한다.

그리고 그곳이
엄마이길
바란다.

딸아,
너만의 속도로
가라

한때는 엄마도 시작부터 다른 이들,
아무리 노력해도 따라잡을 수 없는 그들을 보며
힘들어한 적이 있었단다.
더 이상 어떤 노력도 하기 싫었단다.

그러다가 고민했어.
사람의 궁극적인 목표는 무엇일까.
인간이 가장 마지막까지 추구하는 것은 무엇일까.
시작이 어떻든지, 어떤 속도로 달리든지 간에
모든 이들의 목표는 결국 똑같지 않을까.
결론은, 나만의 속도로 가야 한다는 것이었다.

딸아, 만약 그런 것들로 힘들어하고 있다면,
제 속도로 가고 있지도 않으면서
추월하지 못한다고 한탄만 하고 있지 않은지
생각해 보렴.

출발선부터 다른 사람들,
속도가 빠른 사람들을 부러워하지 말고
너만의 속도로 가렴.

둘러 가고, 유람하며 가도 괜찮아.
네가 잡고 있는 운전대만 놓지 않으면 되는 거란다.
네가 어디로 가야 하는지 알고 있고,
길만 잃지 않으면 된단다.
네가 태우고 함께 가는 것들을
잊어버리지만 않으면 되는 거란다.

삶의 형태는 각각 달라도
삶의 과정은 누구나
다르지 않단다.

딸아,
돈은 쓰기 위해
벌어라

일을 쉬지 않고 해 왔던 사람들은 쉬는 법을 잘 모른단다.
고기도 먹어 본 사람이 맛을 아는 것처럼 말이야.

막상 그들에게 여유 시간이 생기면
제대로 쉬지도 못하고 차라리 일이나 할 것을, 하며 후회한단다.
어쩌면 그들에게 휴식은 일을 하지 않는 것이 아니라
일을 덜 하는 것일지도 모르겠다.

딸,
우리가 돈을 버는 이유는 무엇일까?
돈은 결국 쓰기 위해 버는 것 아닐까?

9 791195 325 54

돈이 많아져서 어쩔 수 없이 쓰는 것이 아니야.
써야 하기 때문에 쓰고, 또 쓰기 위해서 돈을 버는 것이다.
그것을 분명히 알고, 번 돈을 제대로 쓰도록 해라.

물론, 돈을 힘들게 벌면 쓰기 힘들 때도 있어.
남의 돈을 번다는 것이 얼마나 어려운 일인지 깨닫는 것은
정말 중요한 일이지만,
그렇다고 돈 쓰는 것을 무서워하는 것은
참 바보 같은 행동이란다.

딸아, 열심히 즐겁게 벌고,
열심히 즐겁게 쓰면서 살아라.

그리고, 더 많이 쓰고 싶으면
더 많이 벌어라.
돈 쓰는 법을 제대로 알면,
일하고 싶은 마음은 절로 생긴단다.

딸아,
혈연은 따져도
된다

핵가족화는 이제 새로울 것도 없는 보편적인 현상이다.
가족들이 전국 각지, 심지어 다른 나라에까지 흩어져 살고,
출산율도 낮아져 자녀 두 명만 되어도 '다둥이'라 불리기도 한단다.

혈연은 아닌데 가족같이 지내는 관계가 많아지고
같은 집에서 사는 사람들도 늘어나고 있다지만,
그럴 때일수록 혈연은 따지고 사는 것이 좋겠다.

때로는 피를 나눈 가족이라는 이유만으로
무조건 이해하고 용서해야만 하는 일들이 버겁기도 할 것이다.
살면서 남보다 못하다고 느끼는 순간도 분명 있을 것이고

차라리 남이었으면 좋겠다고 생각될 때가 있을지 모르겠다.

그래도 딸아, 혈연은 져버리지 말고 서로서로 돌보아라.
사회생활이나 이해관계가 얽혔을 때
혈연을 따져 특혜를 주라는 것이 아니란다.

가족 같은 친구에게도
너보다 먼저 챙겨야 할 형제자매가 있고,
형제자매가 아니면 함께할 수 없는 일들이 분명 있단다.
가족이라는 그 이유 하나로 도와주고 싶고
의지가 되기도 한단다.

하늘 아래
엄마, 아빠의 피를 나눠 가진 것은
오직 너희뿐이란 것을
기억해라.

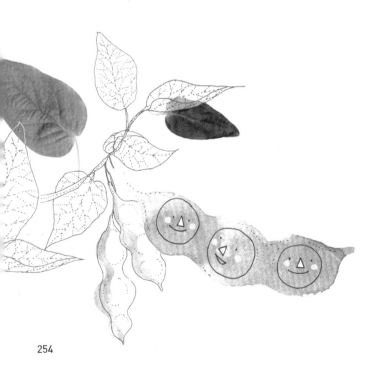

딸아,
아파도 사는 게
낫다

인생을 포기하는 것이
그리 놀라운 뉴스가 되지 않는 세상이다.
차라리 죽어 버리면 모든 게 끝이라며
그것이 마치 히든카드인 것처럼
마음먹어 보지 않은 사람이 어디 있을까.

딸아, 사람의 인생은 언젠가 끝이 난다.
굳이 스스로 앞당길 필요는 없단다.
특히 몸이 아프다는 이유로,
고통을 덜겠다는 이유로 삶을 미리 포기하지 마라.
아픈 너라도 세상에 있는 게 낫다.

엄마에게도 몸과 마음이 아픈 시절이 있었단다.
너의 미래에 걸림돌이 되는 것이 두려워 견딜 수가 없더구나.
부담되느니 지금 없어져 버리는 것이 좋지 않을까, 라는
몹쓸 마음이 생기기도 했었어.

하지만 아픈 엄마라도 없는 것보단
있는 게 낫다는 말 한마디를 되새기며 버텼단다.
그 말은 정말 큰 힘이 되어 주었어.

딸아, 사랑하는 사람들을 힘들게 할까 봐
주변 사람들에게 짐이 될까 봐 걱정하는 거라면
그건 너에게 주었던 그들의 사랑을 몰라주는 일이다.

아픈 너라도 제발 있어 주렴.
아파도 살고, 무조건 살렴.

깨진 컵이라도
물을 담을 수 있다면
마른입을 적시는 데는
충분하단다.

딸아,
꿈은 잠자기 전에
꾸어라

어릴 적에는, 잠자리에 들 때면 오랫동안 상상에 빠지곤 했어.
그때는 감히 현실이 될 수는 없을 거라고 생각했던 것들이란다.

아프리카 탐험을 하거나
먹으면 죽지 않는 약을 발명하거나
백마 탄 왕자를 만난다거나 하는 상상들,
말 그대로 꿈같은 일들이었지.

시간이 흐른 어느 날, 문득 깨달았어.
TV나 핸드폰을 보다가 잠들고 있다는 것을 .
더 이상 설레는 꿈을 꾸지 않고 있더구나.

왜일까, 생각해 보니
어릴 적에 하던 생각들은 정말 상상이었고,
그런 상상이 현실이 되기가 얼마나 어려운지,
현실과 상상의 간격이 얼마나 큰지
알아 버렸기 때문이었어.
그것은 결코, 희망의 양이 줄어들고 있어서가 아니었단다.

엄마는 다시 꿈을 꾸기 시작했단다.
1년간 가족과 함께 세계여행을 하는 꿈,
무인도에 들어가서 사는 꿈,
박완서 작가처럼 되는 꿈,
…….

딸,
리모컨과 핸드폰을 내려 두고,
불을 끈 채 잠자리에 들어라.
그리고, 꿈은 잠들기 전에 꾸렴.
이루어지지 않아도 좋단다.
설레는 마음만 느껴 봐도 좋단다.
그것이 바로 꿈이다.

이루어지는
꿈은
계획이란다.

딸아,
배부터
채워라

괜스레 짜증 나고, 작은 일에도 화를 내고 있다면
제대로 식사를 챙겨 먹었나 생각해 보렴.
집중이 안 되고, 참기 힘든 피로감이 밀려온다면
혹시 끼니를 거르며 일하고 있지는 않나 생각해 보렴.

배고픔은 본능이란다.
충족되지 않으면 은연중에 위협을 느끼게 되지.
생존에 관계된 일이라, 머리보다 몸이 먼저 인지한단다.

아무리 바쁘고, 입맛을 떨어지게 하는 일이 있더라도
일단 뭐라도 먹어 가며 해라.

맛있는 것을 배불리 먹으면
날이 섰던 신경도 무뎌지고 기분이 한결 편안해진단다.
굶어서 해결되는 일은 결국 아무것도 없어.

밥 생각이 없다고,
챙겨 먹을 시간이 없다고,
먹을 기분이 안 난다고 굶어 버리면
화낼 일이 아닌 곳에 화가 나고
누구 탓도 아닌 일을 남의 탓으로 돌리게 된다.

괜히 자신의 처지가 한심해지기까지 해서
갑자기 우울한 기분이 들 수도 있단다.

성격이 예민한 사람을 보면 대부분
먹는 것을 대수롭지 않게 여기고
굶는 것이 다반사인 경우가 많아.

다 미뤄 두고 일단,
배부터 채우고 보거라.

억지로라도 먹고,
조금씩이라도 먹고,
뭐라도 먹어라.

딸아,
네가 가진 가능성을
믿어라

첫 출근을 하기 전날 엄마는,
할 줄 아는 것이 없는 어린아이가 된 것처럼 두려웠다.
너를 낳고 엄마가 되었을 땐,
나란 사람의 아이로 태어난 네가 가여웠다.
내 사업을 시작하고 나서는,
나를 엉터리라고 손가락질할 것 같아 숨고 싶었다.

난 과연 주어진 일을 해낼 자격이 있는 사람인가
의심스러웠기에 매사에 자신이 없었어.
하지만, 구체적으로 어떤 능력인지 말로 할 순 없어도
내가 무언가를 가지고 있다고 믿었단다.

닥쳐온 일들을 피하지 않고 하나씩 겪다 보니
결국 넘기게 되더구나.
이제 와 돌이켜 보니,
내가 가지고 있다 믿었던 그 무언가는 바로
해낼 수 있다는 '가능성'이었던 것 같다.

딸,
너는 주어진 모든 일을 해결할 능력을
다 가지고 있지는 않을 것이다.
하지만, 넘어야 할 어느 문턱 앞에 네가 서 있다면
분명 네가 가진 어떤 가능성들이
널 그곳에 세워 둔 것이란다.

그러니 너에게 있는 무엇인가를 의심하지 마라.
네가 알고 있는, 네가 가진 가능성을 믿어라.

사과 속의 씨앗은 몇 개인지 셀 수 있지만,
씨앗 속의 사과는 몇 개인지 알 수 없다는 말이 있단다.
눈에 보이는 것만으로
네가 가진 것들을 단정 짓지 말라는 뜻이란다.

너 스스로를 믿고 내딛는
한 걸음, 한 걸음이 모두 씨앗이 되어
셀 수 없는 열매를 맺을 것이다.

딸아,
너의 이야기를
만들어라

세상 모든 사람 중에 사연 없는 이 없고,
그네들의 사연 중 어느 것 하나 비슷한 것이 없단다.
모두 자신의 이야기를 만들며 살아가고 있어.
그다지 기구할 것 없어 보이는 엄마의 인생도
책으로 쓰면 삼 일 밤낮으로 읽어도 부족할 것이라고
스스로 떠들고 있단다.

딸, 사연이 있으면 있는 대로 없으면 없는 대로
너만의 이야기를 만들어 가며 살아라.
삶의 어느 한 부분에 기승전결이 있는 에피소드
몇 편쯤은 만들도록 해라.

즐거운 이야기,
숨기고 싶은 이야기,
고통을 이겨 낸 이야기,
크게 무언가 깨달은 이야기,
네가 꿈꾸고 있는 이야기…….

그 모든 이야기 속에
네 인생의 깊이도 보일 테고,
진한 향도 묻어날 것이다.

다른 훌륭한 사람의 이야기를 베껴서
너의 이야기로 만들려고 노력하지 말고,
단 하나라도 '사연'을 지닌 인생을 살기 바란다.

엄마의 이야기도, 너의 이야기도
누가 봐도 재밌고, 흥미로운
이야기였으면 좋겠구나.

딸아,
네 종신은 네가
책임져라

요즘은 100세 시대라고 흔히들 말하고,
60세는 청춘이라고 환갑잔치를 하는 것조차 흉이 된 세상이다.
이렇게 긴긴 세상, 늙은 채로 오래 살아갈 일이 걱정되어
사람들은 각종 종신연금, 건강보험을 들며
미래를 대비하는구나.

딸아,
미래에 네가 어떻게 살게 될지 가늠할 수 없지만
혼자 살 수 있다고 생각하고 충분히 준비하며 살아라.
부자 남편, 잘난 자식도
네 종신을 책임져 준다는 보장은 없단다.

준비하지 못한 노후는 이기적일 만큼 무섭단다.
가만히 앉아 숨만 쉬고 살아도 세상은 너에게 돈을 내놓으라며,
전기세, 수도세, 각종 공과금을 다달이 빼 갈 것이다.

딸아, 네 종신은 네가 책임져라.
편안하게 오래 살 준비를 하는 것은
아무리 해도 모자람이 없단다.
나라에도 의지하지 말고 너 스스로 노후 준비를 해 놓아라.
인생, 끝까지 멋지게 살아라.

젊어서 체면치레하고 살면
늙어서 체면 구기고 살기 쉽다는 것을
명심해라.

딸아,
　남자는 다 똑같아도
사람은 다 다르다

내 딸은 장차 어떤 사랑을 하게 될까.
엄마로서, 여자로서 그것처럼 궁금한 것이 없단다.
너는 빛나는 청춘을 지나가며 몇 번의 사랑을 할 테고,
웃기도 울기도 하겠지.
상처를 주기도 하고, 상처를 받기도 하며
사랑이라는 감정을 배울 것이다.

딸아,
울기만 하는 사랑을 했다고,
그 사랑에서 상처만 받았다고,
사랑은 모두 다 그런 것처럼 여기진 마라.

엄마의 청춘에도 몇 번의 사랑이 있었고,
그 사랑이 끝나갈 무렵엔 항상
남자는 다 똑같다는 것으로 결론을 내려야 숨이 쉬어졌단다.
하지만 정작 새로운 사랑 앞에서 나에게 용기를 주었던 말은
'남자는 다 똑같아도 사람은 다 다르다.'였어.

더 좋은 사랑을 만나기 위해 그 사랑이 끝났다 믿었고,
그랬기에 언제나 과거보다 더 나은 사람을 만나 왔단다.
매번 죽을 것같이 아팠어도 사랑은 언제나 옳았단다.

딸, 세상에 100쌍의 커플이 있다면 100개의 사랑법이 있어.
옛사랑이 아팠다고 새로운 사랑도 아플 것이라고 겁먹지 마라

똑같은 남자는 많아도
똑같은 사랑은
없단다.

딸에게 포스트잇

ⓒ정지은.민아원 2015

초판1쇄 발행 2015년 6월 1일
초판3쇄 발행 2019년 2월 8일

지은이 정지은
그린이 민아원

펴낸이 김재룡
펴낸곳 도서출판 슬로래빗

출판등록 2014년 7월 15일 제25100-2014-000043호
주소 (139-806) 서울시 노원구 동일로183길 34, 1504호
전화 02-6224-6779
팩스 02-6442-0859
e-mail slowrabbitco@naver.com
블로그 http://slowrabbitco.blog.me

기획 강보경 　**편집** 김가인 　**디자인** 변영은 miyo_b@naver.com

값 13,200원
ISBN 979-11-86494-01-1 03800

「이 도서의 국립중앙도서관 출판시도서목록(CIP)은 서지정보유통지원시스템
홈페이지(http://seoji.nl.go.kr)와 국가자료공동목록시스템(http://www.nl.go.kr/
kolisnet)에서 이용하실 수 있습니다. (CIP제어번호 : CIP2015013644)」